LOCUS

LOCUS

LOCUS

LOCUS

to

fiction

to 129

開放水域

Open Water

作者：迦勒・阿祖馬・尼爾森 Caleb Azumah Nelson

譯者：洪世民

責任編輯：林立文

美術設計：張巖

電腦排版：楊仕堯

法律顧問：董安丹律師、顧慕堯律師

出版者：大塊文化出版股份有限公司

105022 台北市松山區南京東路四段 25 號 11 樓

www.locuspublishing.com

讀者服務專線：0800-006689

TEL：(02) 87123898　FAX：(02) 87123897

郵撥帳號：18955675　戶名：大塊文化出版股份有限公司

總經銷：大和書報圖書股份有限公司

地址：新北市新莊區五工五路 2 號

TEL：(02) 89902588　FAX：(02) 22901658

初版一刷：2022 年 6 月

定價：新台幣 350 元

Printed in Taiwan

開放水域

Open Water

迦勒・阿祖馬・尼爾森——著
洪世民——譯

給 Es

導讀　我們將其看作是第幾人稱的愛情

謝凱特

在文學寫作裡，敘事觀點一直都是個藝術形式上的難題，從主觀的第一人稱到隨侍在側的第三人稱，全知俯瞰或限定視角，其所影響的，不單只有敘事者視角對事物理解切面的成像，有時亦藏匿了作者意圖使圖者置身於何種角色：是完整的主體，或者被動的客體。

在談此書《開放水域》之前，筆者先想到了童妮．摩里森（Toni Morrison）的《最藍的眼睛》（*The Bluest Eye*）。小說主線是身陷膚色及文化權力結構底層的非裔黑人女孩琵可拉，她將自卑轉向，投射，認為只要擁有藍色眼睛就等同於擁有美麗的特徵，被欺凌、另眼看待的命運也會整個扭轉。但細讀整篇小說的敘事若不是從琵可拉的朋友口中執言道出，就是第三人稱鄉里蜚語般流傳。她想成為大寫的**I**、大寫的**我**，但終究是宣告失敗收場。

所謂的故事，從來都不由得「被另眼看待的我」來訴說。

若是追求白人藍眼睛的小女孩琵可拉活在現在這般的後現代情境裡，也許可以想要就戴個角膜變色片，成為她想像的最美的樣子；不想要時就剝除標籤，隨時都能回到自我的樣貌。但迄今黑人是否已從被審視的眼光中脫身而出？手中這本以第二人稱「你」來作為敘事觀點的《開放水域》，也許提供了一個最真實的視角。

異於第一人稱的主觀，或第三人稱的旁觀。當一位寫作者選擇第二人稱「你」來作為敘述，總讓我想到兩種可能。第一種是權宜：作者從敘事者中脫身，看著彷彿像是別人的事情般描繪（尤其初期寫作者最常發生）。二則是將讀者置於敘事者「你」身上，不再是純然旁觀的看客，而是成為作品的被操縱的主角本人、被動式的角色——你被看見卻被視而不見。

是的，明明被看見卻也被視而不見，在《開放水域》裡，「看」這個動作飽含各種指涉，權力位階的、情意傳遞的、主體客體的。作品原本出自非虛構文章的筆記書寫，後來改寫成為小說，描述了兩個住在倫敦東南區的黑人藝術家相愛相戀的故事，作者或許更明白坦露：膚色成為一種被注視的表徵，一個被建構的他者的符號，猶如我們也總用身材、外觀來指認他人，而不是真正「看見」這個人的主體。於是在《開放水域》中，讀者得以假借「**你**」這個第二人稱的角色更設身處地的了解被觀看的感受，「你」彷彿成為故事裡的「木替身」，目光如刀劍往自己砍來，嘲弄的話語如暗器無情往身上痛擊：「你」感到疼痛、「你」內心不平、「你」有屈難言。世界像是一個開放水域，本該自由無礙，卻總是不時傳出暴力事件，或者警察對黑人的差別執法，生活變成一個隨時讓人滅頂的水域。「你」想尋求一個避風港，比如故鄉，比如愛情，比如最熟悉的黑人理髮店，卻也躲避不了偏見上門找碴。於是「你」寧願躲在自己的暗影裡，聽著那些黑人的音樂、黑人的舞蹈，這遠比自己脆弱地暴露在外來得容易的多。

身為讀者的你也許不是故事的主角，亦非因為膚色而被另眼相看的他者，但也可能會是某個寧願壓抑自我到窒息，也不願浮出水面呼吸的被觀看的人，只因為你擁有了某些特質，在他人審視的眼光之中卻是個壞標籤。「開放水域」四個字作為本作題目，背後所隱喻的，不得不令讀者玩味再三：水域是開放的，是自由的，卻暗藏如此多危險；在開放水域裡想張開嘴呼喊，卻會吃水溺死，但不張開嘴、把祕密憋在心裡也會窒息，進退維谷的生存模式，可是你我曾經歷過的「櫃中歲月」？

除了作者有意設計的敘事觀點，當然不能忽視《開放水域》本質上是一本文字精美的愛情小說。一段觸目即是永恆的熱情，卻礙於種種框架隔閡，以致在愛情的水域裡載浮載沉，有時共泳，有時束縛得連一句表白都無法，有時也會被命運的潮水沖向兩端。小說中最令我深刻記得的，是主角試圖確認與心愛的她之間的關係，拿捏種種距離（身體的、心靈的）的男性心理描述。因為自己的介入，拆散了原是情侶的友人與她，罪惡與熱愛互相拮抗，使主角總是拘束，只能反覆在心裡琢磨那些言不及義又閃閃發光的溫柔的情話。讀者或許不難從《開放水域》的中文譯本發現作品非常柔軟又飽含文學性、詩般質地的語句，那些在愛裡瞬間閃現又消逝，難以被言說，卻被作者精準地捕捉的脆弱感受。若讀完中譯本，作品原文也不妨一讀：

If the heart always aches in the distance between the last time and the next, then heartbreak comes in the unknown, the limbo, the infinity.

如果心總是在上一次與下一次之間發痛，那心痛就是來自未知，來自靈薄（地獄邊緣），來自無垠。

謹以此書推薦給正在前往愛的讀者：若有個人能讓你盡情地做自己，願意在危險而自由的開放水域中承托住你；或者相反的：你願讓某個人盡情地成為自己、讓某個人能在水中自在地呼吸，那麼便會讀懂《開放水域》裡，那明知語言無用，卻仍要書寫表白的心意。或許關於愛，從來都不是一種開花結果的終點，而是抵達的泅泳過程。

楔子

理髮店安靜得出奇，只有推子呆板的聲響，唧唧、唧唧地修剪柔軟的頭皮。理髮師看到你凝視著鏡子裡的她，也看到鏡子裡她眼中的什麼。他停下來，轉向你。開口說話時，他的憂慮像茂密美麗的樹根，高興地跳著舞。

「你們兩個有瓜葛。我不曉得是什麼瓜葛，但你們兩個有瓜葛。有人稱之為關係，有人稱之為友誼，有人稱之為情愫，總之你們兩個，你們兩個有瓜葛。」

那時你們相視良久，睜大的眼流露詫異，從你們相遇，就時時令你驚訝的那種詫異。你們兩個，就像糾結的耳機線，捲入這「瓜葛」裡。幸福的意外。混亂的奇蹟。

有一瞬間你看不清她的眼眸，你的呼吸急促起來，就像一通中斷的長途電話意外變得無比重要。你很快就會明白，那分愛令你煩惱，也讓你變得美好。愛讓你成為**黑人**，因為在她面前，你可以盡情揮灑色彩。那不足為慮，那值得歡喜！你可以做自己。

後來，漫步幽暗中，你不知所措。你叫她不要看著你，因為當你們目光交會，你會忍不住從實招來。還記得鮑德溫[1]說的嗎？我只想當個誠實的男人，和當個好作家。嗯。誠實的男人。此時此刻，你很誠實。

你是來這裡談談，愛你最好的朋友具有何種意義。試問：如果flexing[2]能以最少的言語表達最多事情，有比愛更好的flexing嗎？無處可躲，無路可逃。直接的凝視。

凝視不需言語；那是誠實的交流。

你是來這裡聊聊羞恥，以及羞恥和欲望的關係。開誠布公地說「我想要這個」，應不足為恥。不知道自己想要什麼，應也不足為恥。

你是來這裡問她，她記不記得那個吻有多急切？幽暗中，繾綣在她的外套裡。沒有言語。誠實的交流。你的眼中，只有她熟悉的輪廓。你聆聽她和緩、沉穩的呼吸，頓時了解自己想要什麼。

這很怪，渴求你最好的朋友，很怪。兩雙手徘徊游移，越了界線，請求原諒而非許可。「這樣沒關係嗎？」這話過了一會兒才說。

有時，你們會在幽暗中哭泣。

---

1 詹姆斯．亞瑟．鮑德溫（James Arthur Baldwin, 1924-1987），美國黑人作家和社運人士，不少作品關注二十世紀中葉美國的種族問題和性解放運動。代表作有小說《山巔宏音》（*Go Tell It on The Mountain*）等。

2 街舞的一種，又名 bonebreaking，可譯為「骨折舞」，發源自紐約街頭，為一個小時候經常骨折的牙買加男生所創。

1

相遇的那一晚，你倆都覺得太短促而稱不上邂逅。那一晚，你把朋友山繆爾拉到一旁。在倫敦東南區這間酒吧的地下室，你們有一票人。那是場慶生會。多數人來這裡是為了喝個爛醉，或嬉鬧一番，端看他們偏愛哪一種。

「怎樣？」

「我平常不會這麼做的。」

「意思是你以前做過。」

「絕對沒有，我保證，我發誓。」你這麼說：「但我需要你介紹你的朋友給我認識。」

你想說，在那一剎那，轉唱片的老先生已經讓某首歌，比如寇帝・梅菲的

〈繼續向前〉[3]迅速淡出，接上另一首差不多的。你想說是艾斯禮兄弟合唱團的〈反抗權威〉[4]，在你表達你並未充分理解，但知道必須依此行動的渴望時播放。你想說，在你身後，舞池升起，年輕人紛紛挪移過去，彷彿現在是八〇年代——那個年代，以這種方式挪移，是唯獨熟客才有的少許自由。而就你有印象以來，這件事你完全可以作主。但你答應要誠實的。事實是，這名女子讓你驚為天人，讓你先伸出手，握了她的手，再張開雙臂，接受稀鬆平常的大大擁抱，然後尷尬地用胳膊拍了拍。

「嗨。」你說。

「哈囉。」

---

3 Curtis Mayfield（1942-1999），非裔美國創作歌手、吉他手和唱片製作人，亦參與民權運動。〈繼續向前〉原名〈Move On Up〉。

4 The Isley Brothers，美國俄亥俄州辛辛那提的音樂團體。〈反抗權威〉原名〈Fight the Power〉。

她微微一笑。你不知該說什麼。你想填補空白，但事與願違。你們站在那裡，默然對望，這沉默，倒不會讓你不自在。你覺得她的表情反映著你的表情，好奇的表情。

「兩位都是藝術家。」山繆爾這麼說。挺有幫助地插話。「她是很有天分的舞者。」她搖搖頭。「你呢？」她說。「你是做什麼的？」

「他是攝影師。」

「攝影師？」那名女子重複一遍。

「我有時候會拍拍照，有時候啦。」

「聽起來是攝影師沒錯。」

「有時候，有時候啦。」

「扭捏。」靦腆，你這麼想。你跳出對話，就只是望著，她也跟著把視線瞥過來。一道紅光劃過她的臉，而你瞥見了什麼，像是她開朗的臉孔流露了親切，她的目光望著你的雙手說話。那是你熟悉的語言，顯然來自河流以南[5]。顯然來自你更可能稱之家鄉的地方。這些是你倆都知悉、都用生命訴說的事情，只是在這裡沒有說出口。

「你們要來一杯嗎？我請你們喝一杯？」你轉頭，對話開始後第一次注意到山繆爾存在。他已退了幾步，有點兒消沉；他掛著微笑，但他的身體透露他覺得自己被阻絕在外。內疚猶如針刺，你試著歡迎他回來。

「你們想喝點東西嗎？」

那名女子誠摯地眉開眼笑，興味盎然，就在這時，有人按住你的手肘。你被拉走了，你被需要了。舞池已清出一點空間，一陣寂靜，充塞著山雨欲來的氣息。那兒擺了蛋糕和蠟燭，以及試著為「生日快樂」營造的和諧。你讓原本掛在肩膀晃啊晃的相機滑到手上，鏡頭對準壽星妮娜，盯著她許願，蛋糕上孤伶伶的蠟燭宛如一抹微小的陽光。當人潮開始散去，你又被拉往四面八方。身為現場唯一的攝影師，記錄是你的責任。

音樂再次響起，人們三五成群，擺好姿勢，讓你對焦在幽暗中隱約浮現的親

---

5 河流指泰晤士河，倫敦黑人人口明顯集中在泰晤士河以南的三個大區。

切臉龐。轉唱片的老先生繼續照他想要的速度轉。伊德里斯・穆罕默德的〈這不就是天堂嗎〉很適合此情此境[6]。

脫出人潮，你站在吧檯前，一連朝好幾個方向引頸而望。你再次搜尋那名女子的蹤影，而那天晚上，那個你們都覺得太短促、稱不上邂逅的一晚，你明白她已離開。

2

那時是冬季。是暖冬——你遇見她的那一晚，錯估了從車站到酒吧的距離，只穿你身上那件襯衫走了半小時，抵達酒吧時感覺額頭冒汗，有點難為情——但冬天就是冬天。冬天是不適合熱戀的季節。在夏夜遇見某人就像賦予死灰新生。你比較可能跟這個人在外流連，暫時脫離關住你的熱烘烘室內。你可能會接受對方遞來的香菸，瞇著眼任尼古丁搔刮你的腦，再把煙吐進倫敦夜晚的悶熱中。你可能仰望天際，恍然大悟那湛藍不是這幾個月才變深。反觀冬天，你會甘願地彈

6 Idris Muhammad（1939-2014），美國爵士樂手。〈這不就是天堂嗎〉原名〈Could Heaven Ever Be Like This〉。

一彈菸灰，打道回府。

你對你弟提到那名女子。他也去了那場慶生會。你汲取你對那晚的記憶，為他塑造一個形象，就像把幾段動人旋律交織成一首新歌。

「等等——我好像沒看到她？」

「她很高。滿高的。」

「喔。」

「一身黑。戴貝雷帽，有編髮辮。酷斃了。」

「噢，毫無印象。」

「吧檯像這樣。」你用雙臂擺出L型。「我站在這兒，」你一邊說，一邊指了指L的拐角。

「停。」

「喔？」你有點惱火了。

「如果我告訴你那天晚上我醉得不省人事，什麼也記不得，能不能讓你停止呢？」

「你很沒用。」

「並不是，我只是喝醉了——爛醉。所以再來發生什麼事了？」

「你在講什麼！」

你們坐在家中客廳，雙手撫著咖啡杯。唱盤上的針輕輕刮著黑膠唱片盡頭的塑膠，有節奏地砰、砰、砰、砰，如沉思的脈搏。

「你遇見一生摯愛——」

「我可沒這麼說。」

「『就在那場慶生會，我感覺到，感覺到她的存在，當我望去，這個女孩，不，這個女人，就在那裡，令我屏息。』」

「你閉嘴。」你說，撲通一聲倒回沙發。

「要是你再也見不到她呢？」

「那我就發誓一輩子不娶，隱居山林。還有下輩子。」

「這麼絕。」

「那你會怎麼辦？」

他聳聳肩，站起來幫唱片翻面。刮擦穩定了，像指甲刮著皮膚。

「事情沒那麼單純。」你說。

「怎麼說？」

你盯著天花板。「她在和山繆爾交往。是他介紹我們認識的。」

「喔？」

「我們講話以後我才發現。我覺得他們沒有在一起多久。」

「你確定嗎？」

「我認為是這樣。我看到他們在吧檯角落接吻。」

弗萊迪大笑，舉起雙手。

「噢，老哥啊，我不是在評斷你，但事情沒有那麼直截了當的啦。話說回來，你說不定想——」他用手指模擬剪刀的動作。

人要怎麼甩掉欲望呢？讓它出聲就是播下種子，知道它無論如何一定會生長。承認世上有超出你理解範圍的事物，就是屈服於它。

但就算那顆種子發芽生長了，就算那軀體活著、呼吸著、欣欣向榮，也不保證會有交互作用。不保證你會再見到他們。所以，大家爭相在夏日熱戀。就算你們在某個無盡的夜離開彼此，就算你們就此分道揚鑣，就算你只能帶著親密的回憶獨自入眠，仍會有一絲夏意悄悄爬過你窗簾的縫隙。明天白晝還是一樣長，夜晚也是如此。明天室內還是一樣熱，還是會有沒什麼東西吃但有很多酒喝的烤肉野餐。會有另一個陌生人在幽暗中對著你笑，或在花園另一頭望著你；會趁你們聽酒醉玩笑笑得前俯後仰時碰觸你的臂膀；會氣喘吁吁撞門跌入，緊抓著一團團的肉，或默不作聲試著找到不是你自己家裡的廁所。若是冬天，多數時候，你根本邁不出家門。

此外，有時候，要消除欲望，不如讓事情開花結果。去充分感受它、讓它冷不防逮住你、緊抓痛苦不放。相信自己正朝著愛邁進，不是再好不過嗎？

3

在你以為不會再失去什麼的那年夏天，你失去了你的外婆。還沒接到消息你就知道了。不是遠方雷聲像轆轆飢腸那般轟隆作響；不是天空灰到你擔心陽光再也無法照耀；不是你母親繃緊的語調，叫你在她到家之前不要離開。你就是知道。

你回到一段不同時空的記憶。你坐在迦納的大院後頭，時近黃昏，熱的餘燼仍讓你冒汗。外婆坐在搖搖晃晃的木凳上，剁著晚餐要用的食材，而你會告訴她你在酒吧遇到一個陌生人，還沒見到人，你就知道了。外婆會微笑，暗自竊笑，不露欣喜，鼓勵你繼續說。你會告訴她這名女子瘦瘦的，但很高，舉止合宜，不蓄意恫嚇、不故作溫柔，一派確實可靠。她和顏悅色，不介意你摟抱她。

還有呢？外婆會問。

嗯。你會告訴外婆，當你和陌生女子互相自我介紹，你們對自己在做的事，自己熱愛的事，都很低調。聽到這個細節，外婆頓了一下。為什麼？她會問。你不曉得。或許是因為你們兩個都在那一年失去過，而雖然你一再告訴自己你不會再失去了，失去還是繼續發生。

所以？暗處是找不到安慰的，外婆會說。

我知道，我知道。我覺得我們兩個都不認為那算什麼邂逅。太短促了。當時有太多事情要進行。時機不對。

外婆會放下刀子，說，時機總是不對。

你會嘆口氣，凝望天空，它絲毫沒有變暗的跡象。你會說，我猜那天晚上、那間屋子裡有些什麼，一直到遇見她才感覺到。現在回想，我就是不可能無視。

當你播下一顆種子，它會生長。無論如何，它一定會生長。

嗯。我也這麼想。我就……我遇到她，而她並不陌生。我知道我們碰過面。我知道我們會再相遇。

你怎麼知道？

就是知道。

而在這裡，一段不同時空的記憶，你願相信外婆滿意你的答覆。她會露出那抹含蓄、不自然的微笑，再一次竊笑起來。

4

二〇一七年結束前兩天，你和那名女子約在一間酒吧碰面。地點是你提的，但你遲到了。只遲到一、兩分鐘，但遲到就是遲到。你道歉，她似乎不以為意。你們抱了一下，而言語在你們爬了一段階梯、搭上手扶梯時自然湧出。你還有點兒喘，有點兒冒汗，但就算她察覺到，也什麼都沒說，嘴巴沒說，眼珠也沒有溜轉。

你們安頓下來，坐在一張由兩個半張綠色毛氈沙發拼成的座位上。你們像兩個老朋友，話題跳來跳去，你們馬上熟悉對方的語言，並從中找到安慰。你們為自己打造了一個小小世界，只屬於你倆的世界，坐在這張沙發上，望著外面這個連生意最盎然的種種也要吞沒的世界。

「上次碰面的時候，你說你是攝影師，」她說。
「不是，是有人『告訴妳』我是攝影師，那種說法令我不自在。」你說。
「為什麼？」
「妳被稱為舞者的時候不也一樣？」
「你沒回答我的問題。」
「我不知道，」你說：「不過，我是有拍照沒錯。」窗外，皮卡迪利大道熙來攘往。一個男人使勁吹著風笛，聲音向你飄來。星期五晚上，這城市在發狂邊緣，不知該拿自己怎麼辦。
「我猜，」你開始說：「我猜啦，就像知道你會做什麼，所以想要保護那個事實？我知道我是攝影師，但如果別人說我是攝影師，事情就變了，因為他們想像的我和我想像的自己不一樣……抱歉我扯太多了。」
「我明白你的意思。但為什麼別人對你的想像會改變你對自己的看法呢？」
「不應該這樣。」
「你很擅長不回答問題啊。」

「是嗎？我不是故意的。」

「鬧你的啦，」她說。的確，那抹對著你的微笑輕盈而挑逗。

「這樣說吧——」你頓了一下，對自己皺了皺眉，尋找適當的說法。「你沒辦法活在真空裡，而一旦讓別人進入，便容易受到攻擊，別人就能對你產生影響。這樣說得通嗎？」

「說得通。」

「那妳呢？跳舞的事？」

「嗯，也許以後說。我們一直岔題呢。」

「是啊。」

「我有個想法，看你覺得怎麼樣？我想記錄人，黑人。我覺得記錄、建檔很重要。但正如我所說，我對攝影一無所知，要是你能加入就太好了，要是能一起合作就太好了。」

「呃……」你說，讓沉默持續蔓延。「我，呃，不要，我不想做這樣的事。」

「喔？」這不像疑問，比較像不由自主發出的聲音。她沉入沙發，拿外套遮住全身，而你看著，那就像蓋住熟睡身子的羽絨被，起起，伏伏。

「嘿。」你說。額頭露了出來，接著是一對堅毅的眉毛，一雙小心戒備的眼睛。你看著她與內心的不適搏鬥。

「我開玩笑的啦。我會做，我想做。」

搏鬥持續，而當她臉色一變，那是出於不情願的感謝。你也愛鬧，她棋逢對手。

「我恨你，恨死你了。」她看看時間。你們在這裡已經坐了快兩個鐘頭。

「我們該來一杯嗎？慶祝這個新……合作關係？我想喝點東西。」

你很高興她問了。

你們從夾層回到酒吧的一樓。夜落在你們後面，怎麼也追不上。一對碗狀玻璃杯裝了半滿，端坐在你面前的桌子。那不是你第一杯酒，也不是第二杯或第三杯。你有點頭暈目眩，試著理解此刻發生的一切。你失去大半喜悅，因為你得原封不動留住這一切，所以你努力壓抑心底要求釐清的聲音，又啜了一口。這不打緊，你想，感覺挺好。她從洗手間回來，故意朝你邁開大步。從萊斯特廣場反射的光，在玻璃杯上跳著舞。她伸出手，指尖劃過窗子，彷彿光是可以留住的東西。而她一邊劃，一邊改變平衡，頭慢慢放低，擱在你的腿上，度過溫柔的一刻。而她來了又走，咯咯笑著起身，伸手攫取那優雅的光華。

那一晚，也是你第一次看到在她喝酒時駐足眼中那道慵懶、透明的光澤。沾了酸酒的嘴唇吐露悅耳的話語，抹在酒杯邊緣的鹽，棲息在舌尖。

後來你們去了萊斯特廣場旁邊的昔客堡[7]。你們站在隊伍裡，像兩張紙片迎

---

7 Shake Shack，連鎖漢堡店。

風搖擺。你出食物的錢——她買最後一輪的飲料——然後蜷縮在一對高腳椅上。她點了加辣的漢堡和起司薯條，她吃不完，堅持你要吃光（她討厭浪費食物）。吃沒幾口，她便解開一對纏結的白色耳機，給你一邊，修長手指在手機螢幕上跳舞，搜尋音樂。現在讓我們問問一般大眾：那天晚上有誰去了昔客堡？有人看到或聽到兩個陌生人為彼此演繹真心嗎？他們拍子打得穩嗎？他們有沒有以肯卓克[8]想要的活力，駕馭他注入爵士的傑作？

回倫敦東南區的路上，有點開心，但開心就是開心。你們一路彈彈跳跳，穿過倫敦漆黑的下腹部。吵、黑、熱、宛如地獄。你剝掉幾層衣服，像一隻手撕開柔軟的果肉。在你身邊，她又在解耳機線的平結。無聲的啵的一下，解開了，她把一邊塞進她的耳朵，另一邊塞進你的。垂下的耳機線把兩人繫在一起，進一步縮短兩人的距離。

「你最喜歡哪首歌？」她問。地下剛好有地鐵列車經過，她得再靠過來一點，你才聽得到她說什麼。

地上，你們演來演去，樂此不疲。當她告訴你她去了你提到的那場演唱會，你走開一會兒又回來，假裝生氣，但確實嫉妒。你們不停說話，又快又急，一邊迂迴穿過不平整的卵石路往河堤[9]去。

「我最好的朋友有兩張票，答應一張可以給我——」

「可是——」

「可是前一天，他大概是這樣說，我剛認識一個女孩……」

「啊。如果這樣說可以讓你好過一點——他真的很會演。」

「謝謝喔。」

「你好像真的很不爽。」她說，嘴角失守，止不住笑意。

「是很不爽。」於是她仔細聽你細述以賽亞・拉沙德[10]的首張大碟有多重

8 Kendrick Lamar Duckworth（1987-），美國饒舌歌手。
9 Embarkment，指倫敦地鐵河堤站。
10 Isaiah Rashad（1991-），美國饒舌歌手。

要，聽你洋洋灑灑列舉他的影響，興奮到上氣不接下氣地剖析他的音樂風格。

「他就像以杰迪拉[11]的方式表演的流浪者[12]，還點綴少許吉爾[13]的特色、艾斯禮兄弟的靈魂，他的音樂充滿靈魂，妳真的感受得到……吧？怎麼了？」

「沒什麼？」

她露齒而笑，你跟著她進入驗票閘門。

你沒告訴她，那張唱片簡直是你前一年夏天的配樂。你沒告訴她，你反覆唱著〈布倫達〉[14]，拉沙德寫給祖母的頌歌，唱到你知道貝斯什麼時候會滑進吉他和弦裡，小喇叭什麼時候會獨奏和殘響、旋律什麼時候會中斷——稍微停頓，讓音樂從緊繃的節奏掙脫出來。你沒告訴她，你就是在那裡，在那稍微的停頓中才能喘息，你甚至沒察覺自己一直在憋氣，但事實如此。那一瞬間，你呼了口氣，一抹悲傷的微笑在臉上延展，接著繼續努力抑制自己的失落。

地下，你瀏覽曲目表，沒點〈布倫達〉，而是指著〈繩索／玫瑰金〉[15]。她點點頭，表示讚賞。

「我最喜歡〈公園〉。很厲害的歌。」她先點了你的最愛，鎖定手機螢幕，把音量調到最高。歌詞你們都熟。充滿靈魂。一對黑人伴侶興味盎然地注視著，看你們這一對為短短的車程播放饒舌。從河堤到維多利亞。值得播一首歌。你讓它值得，跟著車廂搖來擺去，抓住節奏音律，穩穩打著拍子。有點開心，但開心就是開心。

你覺得你們從來就不陌生。你們不想離開彼此，因為離開就是讓事物以目前的狀態死去，而你們，你們之間有什麼，是雙方都不願放手的。

---

11 J Dilla，美國唱片製作人和饒舌歌手，本名詹姆斯・德威特・揚西（James Dewitt Yancey, 1974-2006）。

12 OutKast，由 André "3000" Benjamin 和 Antwan "Big Boi" Patton 組成的饒舌嘻哈二人組合。

13 指 Gil Scott-Heron（1949-2011），美國的靈魂爵士詩人，音樂家和作家。

14 〈Brenda〉，以賽亞・拉沙德二〇一六年的歌曲。

15 〈繩索／玫瑰金〉（Rope / Rosegold）和下一段的〈公園〉（Park）都是拉沙德的歌曲。

她家陽臺外的景觀：倫敦閃閃發光的天空。你覺得在這裡很舒服。像在家裡一樣自在。

「喝茶嗎？」她從廚房裡問。

你點點頭，穿過客廳，觸摸玻璃。彷彿光是你抓得住的東西，彷彿這是一幅你可以碰觸的畫。她悄悄出現在你身邊。

「妳住這裡多久了？真叫人嫉妒。」

「兩年。還行吧？」她拿給你一只馬克杯，示意要你去沙發。你倆坐在兩側，屈膝抱胸，小心不要逾越坐墊的中線；但你倆都知道有什麼已經開了，就像壓入茶包、凝視杯中，看茶葉在沸水裡紛紛散開。

「妳媽很搞笑，」你說。

「她平常對陌生人沒那麼友善的，」她說，慢慢滑出兩腿，棲於你身旁的空間。她閉上眼，深深打了一道呵欠，延續了沉默。那是會傳染的，當你接過棒子，加入這場只有睡眠會贏的賽跑，她笑了。她的手機嗡嗡叫。她發出一個聲音，你不解其意。

「妳還好嗎？」

「我想山繆爾要過來了。」

「啊，好，好。」面對現實。「我該走了。」

「不用，沒關係，你至少該把茶喝完——」

「我不想打擾——」

門鈴響了。

門開了又關，一陣笨手笨腳的脫鞋聲後，山繆爾走進客廳。你們三人在倫敦東南區那間酒吧地下室碰頭的那一晚重回腦海：你非得認識那名女子不可；你對她如此堅持。今晚的會面是山繆爾安排的；他女友問他有沒有認識的攝影師，而他第一個想到你，但這會兒你凝視著山繆爾，羞愧濃得化不開。他故作驚訝。

「噢，嗨。」

「嗨。」你說。

「聽說你們聊得很愉快。」

「對，對，還不賴。」

「我想也是。」山繆爾說。他走向他的女友，很快輕吻她一下。「我去泡個茶。」

你轉向她。「那我走了。」

「我送你下樓。」她說。山繆爾從廚房看著你看著她，你們小心不要越界，但你們都知道有什麼已經打開了；你深深推入土壤的種子，在錯的季節開花了。你想到如果有人問起，你要怎麼說這個故事，因為一定會有人問。你不知道「感覺挺好」夠不夠充分；不知道拿「什麼也沒發生」做辯護夠不夠充分。

凌晨了。她披上大件綠色外套，陪你走下樓梯。夜晚和她的擁抱一樣溫暖，而當你們分開，她問：

「會傳訊息給我嗎？」

「當然會。」

5

你說：

天空恍若炸開，地上積了白灰。那隻狗從沒見過雪。牠一下在結冰的平面跳來跳去，一下靜止不動——除了後腿微微顫抖。你的外婆到你出生那年才第一次見到雪，那時她正等著你到來，而那些纖柔的雪片在狂風中掉落，在地上聚集。她跪下來，開始祈禱，為她自己、她的女兒和還沒出生的孫兒祈禱。同一天，你的母親坐在巴士上層，遇到一個男人揮槍，嚇得蜷起身來，所幸毫髮無傷。你沒信教，但每當聽到這樣的故事，都讓你想信教。你想像外婆滿腔熱忱，為你尚未成形的身體、還在孕育的精神禱告。現在她的身體正在散裂，或已經散裂，但她的精神無所不在。你不知道以後會不會回去看她的安息之處，但這一次，你提不起勇氣。你沒信教，但當你的雙親踏上返回迦納的回鄉旅程，你為他們祈禱。你跪在硬木地板上，出於自願地拜倒，任那隻狗不斷輕推你的背。那隻狗從沒見過雪。頭頂那片天空沒有雲朵，沒有形狀，無所謂細節。你看過下過雪的夜空嗎？泛著橘霞，光卡在某個地方。讓你想要伸手觸摸，所以有時，你會祈禱。如果祈禱大多是發自內心的願望，那你會祈求她一路平安。

她說：

這裡沒有人聽到她輕輕踩過金粉。海洋溫暖的急流。只需要離開。只需要一點心靈平靜。只需要呼吸。這裡的天空也萬里無雲。熱浪來襲的藍。盛夏在一月。時間的運作真好笑。

把自己拉到每一條能到這裡的線段上。靠自己畫這條線，從她到他——她的父親——只為了靠近。不，這條線從以前就在，現在仍在，永遠都在，她只是試著鞏固，試著加強。血與骨會遠渡重洋，跨越大陸和邊界。什麼叫連結？什麼叫斷裂？什麼叫崩裂？太難，太難。語言有負於我們，尤其是他沒開口的時候。而那種時候多的是。所以她把手伸進時間的口袋，那裡面什麼都沒有，只有熱浪來襲的藍，一月的盛夏，卡在趾縫的金粉，寧靜水域的咆哮。

另外，謝謝你。她很感激。

你說：

想到一件藝術品，唐納德・羅德尼的《在我父親的屋子裡》[16]。那是一張照片：一隻黑皮膚的手，掌心朝上、掌紋交錯。掌心中央有間小屋子，結構鬆散，用幾根針組合起來。你腦海常浮現這樣的畫面，或類似的東西，而你很清楚，你

16 Donald Gladstone Rodney（1961-1998），英國藝術家，常從大眾媒體、藝術和流行文化中取材，探討種族認同和種族主義議題。《在我父親的屋子裡》原名 *In the House of My Father*。

背負著你父親的屋子，而這意味你也背負著他背負的屋子，你父親的父親的屋子，所以這位藝術家也是如此。你的直覺反應是把手握成拳頭，把那東西捏碎，讓重擔飄落到地上，散逸。但也許有必要撬開屋門，搜索燈亮著的房間，也把燈沒亮的房間掃視一遍，看看還有什麼沒看到的，然後離開這個地方，心平氣和，讓他的安詳，你的平靜，完好如初。

你明白得靠自己畫那條線是什麼意思，你明白讓盛怒融化是什麼意思，特別是看到父親對他自己開的玩笑大笑到淚流不止的時候。你明白發現自己淚流不止是什麼意思。猝不及防。幾年前的事。你得拐進一條漆黑的巷子哭泣。回憶如海上拖船般湧現，關於那個男人的記憶，那個覺得愛不必然等於關心的男人。你哭著，就像那次他把你留在店裡、不再回來那樣哭。哭到嘶啞，哭到虛脫，哭得像小寶寶找爸爸。多諷刺。真的，什麼叫連結？什麼叫斷裂？什麼叫崩裂？在什麼條件下，無條件的愛會無以為繼？答案是：你永遠、永遠都會呼喊父親。

你無條件愛著的人，你不見得喜歡。語言有負於我們，一如以往。語言啊，靠不住的東西。而一旦面對由衷的感激，一切都會張惶失措，這是一句「謝謝你」所始料未及，但你也要回她一句「謝謝妳」。

她說：

語言有負於我們，有時我們的爸媽也是。我們全都有負於彼此，有時輕，有時重，但聽好，相愛的時候，我們彼此信任，而一旦辜負信任，我們便破壞了連結。她不希望連結就此崩裂，也許那不可能，但她並不想弄個明白。她也沒信教，但她知道她想要什麼。

她盼望回家，回到熟悉的地方，連貫與清晰可能露臉的地方。

6

「吃過了嗎？」

「還沒。」

「我來訂。中式？印度？泰式？加勒比？」你問。

「要是你點加勒比，恐怕永遠吃不到。中式如何？」

「中國菜向來萬無一失。」你說。

你已經把電話塞到耳朵和肩膀之間，超市購物籃掛在另一隻胳臂晃來晃去。

「妳想要什麼？外賣的。」你追問。

「菜單傳給我。其實只要有雞肉都好，或是排骨，排骨好了，麻煩你。」

「沒問題。待會兒見。」

回到家，在你的廚房裡，你把袋子打開，裡面都是你知道她喜歡但平常不會囤的東西：甜辣洋芋片、豆漿、格雷伯爵茶包。今天你們只是要看看上禮拜拍的樣本照，因為那是你們合作的攝影案，但你希望她覺得舒服，像在家一樣自在。

你家太安靜了，或者說，它大聲宣告這裡沒有別人。你爸媽還在迦納，慶祝外祖父的生日。你弟已經回大學去了。你一個人在家。在這種高密度的家，寂靜是你平常渴望的東西，但就是缺了什麼。每一次你去她家裡，都可以保證那只攜帶式喇叭會不斷把音樂傳遍房間。播什麼好？播什麼可以證明你沒有想太多？或許你想都沒想過，但現在來不及了。

敲門聲傳來，門外是一個矮胖、正在微笑的男人，拿著有油汙的褐色紙袋。當外送員離開，她正匆忙繞過你家坐落的街角，穿過大門。

「抱歉，抱歉。」你們在你的門階上擁抱，當你們分開，她說：「我可以說句實話嗎？」

「可以啊。」

「我沒有藉口，我就是遲到了，發懶。」

「沒關係。進來吧。」

她認識環境的方式像旅人勘察新土地。你看著她的眼睛瀏覽過掛在走廊的相片，研判哪張通往哪裡，迅速掌握方向。

「就你和你爸媽住嗎？」

「還有我弟。他念大學，假日會回來……其實是想回來就回來。」

「差幾歲啊？你和這位？」她指著一張你和他的合照。你們勾肩搭背、笑容滿面，是在前一年一場婚禮上拍的。

「五歲，」你邊說邊點點頭。某些日子，比如今天，他打電話來取笑你讓她進家門時，溫和的嘲弄會變成絕不尖銳的你來我往，不時穿插著與你們龐大身軀不搭軋的咯咯傻笑；在某些日子，比如今天，距離則近而輕鬆。這就是你的弟弟、死黨、頑強對手、溫柔男子。其他日子，比如今天，在同一通電話裡，笑聲乍停，你聽得到他喘不過氣，聽得到他體內想冒出的恐慌，聽得到淚水，而他請你幫幫他、照顧他。這在過去不成問題，永遠不成問題，這件事你已經做了好多年，尤其是你們父親的愛有負於你們，你們的父親，肉體或心靈離你們好遠的時候，責任就落到你肩上，而一個孩子要同時照顧自己和別人，太難、太難，不是自己被忽視，就是他人。於是在其他日子，比如今天，你會想起距離遙遠與其艱辛。這就是你的弟弟，你照顧的人，你的責任，你的兒子。

「你和你媽簡直同一個模子刻出來，」她說，凝視一張你父親的照片，但什麼也沒問，所以你什麼也沒說。

她繼續放肆地勘測她的路線，走進廚房把水壺注滿。

「喝茶？」

「該這麼說的人是我吧？」

「哎呀，反正我人都在這兒了。」她開了一個櫥櫃看，又開了另一個，找到格雷伯爵茶。她發現你在笑。

「怎了？」

你搖搖頭。「之後妳要去哪裡？」

「回我母校去。有好一段路。」

「妳在搞校友會？和小朋友講話？」

她笑了。「差不多。加牛奶？」

「不用，謝謝。」你說，打開冰箱，把那盒豆漿遞給她。「去年我得做類似的事。」

「你讀哪間？」

「在達利奇[17]。」

她停止動作。「你上那間？」

「不是那間，是附近的一間。同一個基金會。差不多同一群人。同樣的收費。」

「怎麼會去上那間？我好奇了。」

命中注定，殊途同歸。你不喜歡那所比較大的男子學校，那裡的校地不規則蔓延，還縈繞著一股你可能認為是隱性偏見的不適感。但回家路上，換條路走，避開道路施工，你會瞥見另一所比較小的男女合校。小在這裡是相對的：你也看不到校園延伸到多遠，但從龐大紅磚主建物前方完美無瑕的草坪判斷，這校園之大，不是青少年的你所能理解。

那將是你參加的最後一回考試，也是你獲得的最後一次錄取通知。那位親切的先生——日後你將明白光靠親切是不夠的，但若加上某些知識和認識，便可能足夠——在你的「面試」場上和你聊兵工廠和曼聯[18]。在大廳，他會把那些餅乾指給你看：一排排擺好的厚脆酥餅，是有一顆金牙的牙買加女人做的。後來你會和她交好。你媽沒告訴你學校到底說了什麼，面試的老師也始終沒告訴你他在推薦信裡寫了什麼，擔保你不必出錢就能接受菁英中學教育。在你離開前，他用布滿青筋的大手握了你纖細的小手，拉你過去，彷彿要擁抱似的。

「我們需要更多像你這樣的孩子。」

17 Dulwich，英國倫敦南部的一個高級村莊型住宅區。

18 指英國職業足球兩支傳統勁旅，兵工廠隊（Arsenal）和曼徹斯特聯隊（Manchester United）。

見你一臉茫然——

「我們需要更多黑人孩子。真的需要。」

「難怪，」她說：「這樣就說得通了。」

「什麼說得通？」

「我們為什麼那麼合得來。一模一樣。七年……有趣的七年。」

她瞥了一眼身後的檯面，原本打算躍起身體坐在檯面上，又打消這個念頭。

「妳在學校的生活怎麼樣？」你問。

「那……一言難盡。我從不覺得自己不受歡迎，但總是有我不得其門而入的狀況。」

你也基於各種理由頗討人喜歡，其中很多理由你無法理解。那群十六歲青少年應該沒有理由見到神情困惑、身子瘦長的你，不知道你怎有辦法遠離你那批人的宿舍，帶著交友的意圖靠近。

「你好像陷入了苦思。」

「是啊。」

「你想到哪裡了？」

「低年級。」

他們陪你走回去。感謝這支臨時護衛隊。

「你級任導師是誰？」

「李維小姐。」

「什麼？她以前也是我們的導師，幫我向她問好。」

其中一人仔細端詳你。「他長得很像蓋博斯對不對？安德烈，你覺得呢？」

安德烈哼了一聲，不表態。蓋博斯。你遇到他的時候，是個大塊頭的奈及利亞男孩，富有吸引人的機智，笑容一派輕鬆。這種比較未免太明顯，有點苟且。一旦面對這種「分身」，會產生幾個問題：我們看起來很像嗎？我們一定得一模一樣嗎？蓋博斯，你也感受到這奇妙的感覺了嗎，那種肉體狀態，胸口難受又沉重的感覺？如果有，你怎麼稱呼它？

但你們沒進行即席問答，在旁觀者的笑鬧聲中，你們複雜又自然地握了手。彼此沒多說什麼，但分開時點了點頭，了解對方沒說出口的話。

「我可以問——」

「三個。我和其他兩個女孩。你呢？」這會兒你坐在沙發上。她收攏四肢、換成盤腿的姿勢，膝蓋撞到你的手。或許是沒算好距離，或許是明確表現出不言而喻的欲望。無論如何，當她的腿靠著你的腿，而這會兒你的手懶洋洋地擱在她的大腿上，你們兩個什麼都沒說。

「四個，兩男兩女。沒有學弟妹。」你說。

「不會寂寞？」

就像鮑德溫說的，你原本以為只有你一人如此，直到開始念書。在這個例子，兩本書攤了開來，就算某些內容你已不記得。她正注視著你，而你無處躲藏。開誠布公。

「有時候啦。但有些好朋友，而且我還滿會應付寂寞的，」你說。

「是嗎？」

「是啊。妳不是在圖書館看到我就是在籃球場看到我。」

「就知道你會打籃球。」

一項看似可隨心所欲的活動，卻完全不是這麼回事。第一次，你們全站在半圓形裡，教練示範那些動作——拍球、停球、走兩步、身體向籃圈延伸、輕輕打板、球溜進籃網。他告訴你這不是一蹴可幾，要靠練習。第一次拿球做那些動作難免一陣手忙腳亂。再來一次。這不是僥倖。你辦到了。

要怎麼明確表達一種感覺呢？你把球送進籃框的動作非常凌厲，賞心悅目。是感覺，而非某種認識；不靠認識、全憑感覺是對的。時機稍縱即逝。你改頭換面。繞過了什麼，繞過創傷，繞過你的影子。腳步又快又穩，就像筆刷堅定地掠過帆布。不，你不只是把球放進籃圈。你也獲得新的觀察方式，新的生存之道。

那種運動，還有人生，讓你瘦削。T恤貼著你的胸，長而結實的臂膀無拘無束地從袖口垂下。時間會做到這件事。你會計時，看你在球場來回奔馳的速度多快，堅硬橡膠鞋底的嘎吱聲響就是聽覺的碼表。過去幾年，每逢星期五，你會自我放逐到較小的體育館，地上，羽球的標線和你的得分標示縱橫交錯。在這個空間，籃球是後來追加的，底線都緊貼牆壁了。你得撬開安全門才能讓隔壁游泳池飄過來的刺鼻氯味淡一點。那裡也很溫暖。只有你一個人。有時，第一個鐘頭會有隊友加入，當疲倦侵占你們的身體，他們會離開，而你繼續磨練各種角度，投到球咻的一聲破網，宛如激烈的喝斥。練習？我們在講練習嗎？你不真的了解你的能力——是福也是禍——但知道非練習不可。尤其是在那次受傷後，你的肩膀像鬆開的鈕釦脫離了關節。創傷讓你變得體貼。

你想要將球射入籃框，一而再、再而三。你不想思考在無邊無際的校地流連是何意義，不想思考那一連串在寂靜中大聲嚷嚷的巧合與情況，來確認自己在那裡的位置。你不願回想自己在走廊對人露齒而笑的蠢樣；他們自以為知道的事，與真正事實間的差異讓你害怕。你不想玩那種你對規則或場地完全沒有發言權的遊戲。

所以你退回——或者說前進——籃球場。這個舉動是更接近自己，所以應該是前進，對吧？你想要在這裡，在這記號褪色的木地板上營造一個家。你想要伸入身體的外部範圍和那個範圍以外的地方；你想要用力呼吸到上氣不接下氣；你想要流汗；你想要疼痛；你想要從半場出手，讓橘色球體旋轉得越來越快，朝籃框飛去，讓皮革劃過細繩，讓籃網刷的一聲。你想要微笑，想振臂歡呼；你想要感受到像是喜悅的感覺，就算非常微小。

你想要自由。

「那妳呢？」

「我？」

「妳靠什麼？」

「我靠什麼？」

「別讓我一副神經病的樣子，行行好……讀私立學校的黑人小孩，我們都有一套讓神志清醒不發瘋的方式，就算只有妳自己適用。」

她點點頭，表示讚賞。「我懂。跳舞，我那時愛跳舞，到現在還是。」你覺得她說著說著，身子在沙發上更愜意。「每當有人見到你——我是說平常——你不是這樣、就是那樣。但一做我愛做的事情，」她頓了一下，讓回憶擁抱她，溫暖、濃厚、撫慰的回憶。「一做我愛做的事情，我就可以選擇了。」

她陷入沉默，彷彿整個人陷入回憶，而你倆都滿足地優游了一會兒。咕嚕聲響由遠而近，像迎面來的列車加速通過車站，於是她問：「要吃東西了嗎？」

天色暗了，時近黃昏。她把最後一個碟子放進瀝乾架，關上水龍頭。「我再一會兒就得走了。」

「妳就穿這樣來嗎？」你說，希望語氣聽來像關心，而非評斷。就在這時你發現她的骨架有多苗條纖細。她穿著白色套頭高領衫、黑色罩衫、黑色緊身褲，而除了身上穿的，沒帶別的衣服來。

「是啊，」她說。「我會冷的，對不對？」

「帶我的帽T吧。」

「黑色那件嗎？那是你的最愛。」

「帶著吧。下次還我，或者我去找妳拿。」

「你確定？」

「我去房間拿來給妳。」

「我可以去嗎？」

「可以啊。」

「你可以揹我上樓嗎？」

「呃，當然可以。」你說。說完便轉身，稍微彎下膝蓋。她的指頭溫柔扣住你鎖骨和肩胛之間的溝槽，然後藏身於你的背後，臉頰貼著你的側頸。兩手鉗住自己的大腿，你毫不費力完成這段短短的旅程。

「我不會太重，對不對？」

你搖搖頭，放她下來。她是不重，卻有一個分量，與你在廚房裡端詳的精瘦身影不相稱。也就是說，剛才你背負的生命力比預期的多。

「天啊。」她伸長脖子，歪九十度，讀你桌上疊得像一座座高塔的書脊。她到你床緣坐下，眼神仍盯著書名來回舞動。「好懷念能讀書的時光。我大學修英國文學呢。」她補充說。

「噢，這樣啊，想借什麼都可以喔。」

「這次我先讀這本很棒的，凱・米勒的《同一個地球》[19]。但我會再來，」她說，眼神飄向旁邊。「也許，」把手伸向最小的一疊，你常回來拿取的一疊。

「為莎娣[20]而來。」

「明智的選擇。」

走到貝靈漢車站很近，途中你穿越公園。這天沒有春日可能帶來的薄霧和陰暗，而在一個圍起來的區域，四個年輕人聚在一起打籃球。三個穿了適合打球的服裝，一個不然。最後那個人還用皮帶牽著一條不斷吠叫的小小狗，一邊出言指點成功的祕訣。

「一隻手抓就好……不……另一隻只是輔助，就是這樣。」

那名球員吸收了新知，把球向上拋出。弧度很漂亮，但隨著球在空中旋轉，顯而易見理論與實踐尚未磨合。球什麼都沒碰到：籃板、籃框、籃網，什麼都沒碰到。年輕人聳聳肩，無視旁人奚落，拿了球、擺好姿勢，願意再試一次。

她亦步亦趨跟著你走平常走的路——下丘陵、穿過公園、沿著這個倫敦鎮區的主街走、路過鎮上的魔力速食[21]和酒類專賣店、加勒比外賣餐飲、那間永遠空蕩蕩的酒吧——到那個斜坡頂端。車站正等著。

---

19 Kei Miller, *The Same Earth*。

20 Zadie Smith（1975-），英國小說家，母親為牙買加人。成名作為《白牙》（*White Teeth*）。

21 Morley's，英國速食連鎖店。

「我想該說再見了。」

「掰。」你說，但願沒有流露出失望。你不願你們在一起的時光就此結束。

「掰，下次見。我得走了，」她說，拉了拉帽T。「我回都柏林前會跟你聯絡。」

你不由自主呻吟一聲。

「什麼？」她問。

「都柏林很遠。」

「是啊。」她說：「但我會回來。」火車進站，她把牡蠣卡[22]放上機器感應、上了車，你倆揮手直到車門關上。她對著你微笑，找了位置坐下，又開始揮手。你也跟著揮，她大笑起來，驅使你用默劇的風格追趕火車。你一邊跑，一邊揮手、一邊大笑，直到火車加速駛離，你也來到月臺盡頭。她從視線消失，只剩你獨自待在月臺，有點喘、有點興奮、有點悲傷。

7

不是那天，不是隔天，而是後來某個時候，你在你的廚房裡哭。你一個人在家，差不多這樣一個禮拜了。頭戴式耳機把聲音送入寂靜，柔情的低吟隨鼓聲綿延——設計來讓你朝自己行進的鼓點。在簡單的節奏中，饒舌歌手坦承他的痛，所以你停下來問自己：你感覺怎麼樣？老實說唷。你正在掃廚房地磚上的垃圾，伸進角落清除邊緣的斑點，以簡單的節奏揮動掃帚，你開始招供，你的喜、你的痛，你的真心話。你撥電話給你媽，但她仍在遠方，仍在與喪母之痛搏鬥。你想告訴她你好想她的媽媽，承認在你外婆失去身體、獲得靈魂以後，你失去了你的

22 Oyster Card，大倫敦地區交通電子收費系統。

神；你想告訴她你到現在仍無法面對自己的痛。她需要你完好如初，你這麼想。你掛斷你已經撥出的電話。你打給你爸，但你知道他沒什麼話好說。他會藏在偽裝後面，會叫你當個男子漢。他不會告訴你他有多痛，就算你聽得到他音質裡的顫抖。於是你不打了。你打給你弟，但他也背負著你父親的房子，他也無話可講。

所以你待在廚房，獨自一人，但這種孤單前所未有。有什麼該做的事情還沒完成，你好害怕。你知道自己想要什麼，卻不知道該怎麼做。這分痛楚並不新穎，但也不熟悉，就像在一塊布料上發現破洞。你哭得唏哩嘩啦，覺得像新生兒一樣散開而柔弱。你想收拾心情，重新振作起來。你滑倒，摔到地上，耳機也從頭上脫落，散開而柔弱。你哭得像新生兒，獨自一人。你感覺不到節奏。什麼也沒播放，音樂停止。中斷：也有人叫它歇段。稍微停頓，讓音樂從緊繃的節奏中鬆脫。你之前一直在走、一直走、一直走，現在決定放慢速度，停下來，坦承一切。你好害怕。你一直很怕這樣的外溢。你擔心被撕裂，擔心無法修復，無法完好如初。你已失去神，所以你連祈禱都不能，反正祈禱只是供出你的欲望，而你並不是不知道自己想要什麼，而是不知道該怎麼做。你跪著，音樂停了，你哭得像新生兒。你媽打來了。你拒接。她需要你完好如初，而你沒有。你必須一個人面對，你這麼想。有該做的事情還沒完成。你的杯子打翻了，現在空了，沒有水在流了，但你還是散掉，還是柔弱。你想收拾心情，重新振作起來，所以你從冰涼的廚房地磚爬起來，從廚房跌跌撞撞來到走廊，再來到樓梯。哭聲小了，但你還是覺得脆弱。你凝視牆上的鏡子，雖然音樂已停擺，節奏已消散，你要招供你的喜、你的痛、你的真心話。你停下來問自己，你感覺怎麼樣？

那首讓你跟著搖擺到摔倒的歌是喬恩韋恩的〈害怕我們〉[23]，歌裡混了一群黑人女子的歌聲，其中一位是惠妮．休士頓的母親茜茜[24]。孤單的時候，那哼唱的

---

23 喬恩韋恩（Jonwayne, 1990-）為美國饒舌歌手及唱片製作人，〈害怕我們〉原名〈Afraid of Us〉。

24 惠妮．休士頓（Whitney Houston, 1963-2012）為美國R＆B歌手，其母茜茜．休斯頓（Emily "Cissy" Houston, 1933-）曾為美國的靈魂歌手和福音歌手。

旋律會令臂膀汗毛直豎，會喚醒你的內心深處。你曾害怕你心裡的東西嗎？你其實有能力處理的事物？無論如何，當你擦去溢出來的水，只剩下閃閃發亮的廚房地磚和你被淚水洗過而纖弱的身軀，你站在客廳裡，聽著索蘭芝的〈朱尼〉[25]。你高興地隨便舉起手，慶幸自己活著。就是這麼簡單的感謝。這首獻給放克歌手朱尼．莫里森[26]的頌歌，鋪陳也很單純。也就是說，每件事物都是出自其他事物。也就是說，你扎實的痛楚會萌生輕柔的喜悅；也就是說，穿過你的客廳，給自己那分自由，簡簡單單的自由，去沉浸在朦朧、有節奏、有活力的鼓點，刻意的貝斯，你刻意又不經意的腳步，心醉神迷，抓不住所知，失去所知。生來清新，生來自由。繞過創傷，繞過你自己的陰影。這是純粹的表達。請在這裡問自己，當你開始迅捷、輕盈地移動腳步、光著腳滑過地板、凝結出嬌弱的汗水，就在這裡問自己：你感覺怎麼樣？

前一年夏天你問過同樣的問題，發現有一層薄霧籠罩你的形狀與細節。你發現自己人在房裡，沒有意識到痛，站著站著，腰際突然一陣劇痛，彷彿偶然有根流浪的刺戳穿身體。你默默穿好衣服，搭巴士從貝靈漢到德普特福[27]，去一間位於車站黯淡拱門下方的酒吧，據說音樂人會在那裡聚會，透過各種樂器傳達聲音，問彼此，你感覺怎麼樣？

你對自己的朦朧、自己的欠缺形狀與細節感到不快。但你做了選擇，選擇去那裡，想改變、想前進，而以這種方式接近自己，確實具有力量。你想到生命的目的，想到那可能怎麼變成一種抗議。你們怎會來這裡，抗議；怎會聚在一起，從容過活。酒潑在人行道上。兩杯十英鎊。這會兒你們在喝了，但稍早你們遭到拒絕，不行，那張桌子有人預訂，一整晚。你們只是想在隔壁派對開始前來一杯，不行，那是你們的事，與他們無關。你們嚥下那口氣，聚在一起，從容過

25 索蘭芝（Solange Piaget Knowles, 1986-）為美國歌手，〈朱尼〉原名〈Junie〉。
26 朱尼・莫里森（Junie Morrison, 1954-2017）是美國音樂家和唱片製作人。
27 Deptford，倫敦東南部地區名。

活。把一杯酒潑在人行道上，泡沫像浪花沖上柏油路。

音樂吸引你們進去。用那種方式打鼓，讓屁股跟著搖擺，腳簡直跳起來。一個第一次來的朋友問另一個熟客那是什麼感覺，她回答：「像祖先來訪，而我們讓他們附身。」或許祖先一直在體內，而你放他們出來。你看到它從一頭濃密鬈髮冒出來，你看到它在跳動的肩膀，脊椎優美的弧線裡。你看到它在波浪一般的嬰兒鬈髮凝聚的汗珠中，依偎在天然毛髮的油亮鬈曲裡；看那黑人身體，不，黑人特有的高低起伏，隨心所欲的律動，她自成一格的美，他調皮面孔若無其事的臉頰，燈光中被一隻黑色的手輕摟、閃閃發亮的小喇叭，饒舌歌手擦過麥克風的唇；你們正失去什麼，不，不是失去自己，也許就像跳進大海，讓那黏答答的創傷的柏油，被海浪沖走。

跳舞啊，你說。跳舞吧、唱歌吧，拜託，做你該做的；看看你旁邊的人，看他們的情況跟你一樣。轉向你旁邊的人，朝他踏出一步，他則退後一步，交換，你退他進，走、走、走，讓海水淹沒，讓海水沖過頭頂，讓創傷像嘔吐一般湧上來，吐出去，繼續，吐到地上，放掉痛苦，放掉恐懼，放掉吧。你在這裡很安全，你說。這裡有人了解你。你可以在這裡住下來。我們全都受傷了，你說。我們全都努力生存、努力呼吸、卻發現我們被超出我們所能掌控的事情阻擋了。我們發現自己不被看見，發現自己無人聞問。發現自己被貼錯標籤。我們喧譁而憤怒，我們大膽而性急。我們這些黑人。我們覺得沒有說出真相，我們覺得害怕，我們覺得受到壓抑，你說。但別為已經發生的發愁，別為尚未發生的煩惱。動起來吧。別抗拒鼓的呼喚，別抗拒大鼓的重擊、小鼓的輕敲、踏鈸的鏗鏘。身體別那麼僵硬，要像流水一樣擺動。來這裡，拜託，你說，而那個年輕人拿了牛鈴，搖動的樣子讓你不禁要問，是誰先來這世上的？是他，還是音樂？連擊[28]完美無瑕，走弱拍，偷偷溜過銅管和打擊樂器。聽到號角響起了嗎？你的時刻來臨了。沉醉榮光吧，因為榮光屬於你。你今天工作加倍努力，但那不重要，在這裡不重要，現在不重要。重要的是你人在這裡，活在當下，你聽見了嗎？聽起來像什麼？像自由嗎？

28 原文為 Retatat，指一連串敲、拍或捶的聲音。

8

「我最近情緒低落。」

「你還好嗎？」

你躺在你的床上，腳撐著牆，盯著天花板，像凝望一動不動的天空。你在電話上，伸向遠方，不是第一次，也不是最後一次。她的聲音透過輕柔的靜電向你旋轉而來，你試著測出它的方向，想像聲波是從某個你從未見過的地方飄過來。

「我可以說句實話嗎？」

「當然。」

「我好累。」

坦白之後，這個事實便為你的自我注入形狀與細節。你聽到她低聲吐氣，知道她懂你的累不是睡眠可以解決的那種，並不是。你倦了。你不是都沒有快樂的時候，但痛苦時較多。而就像吉米說的，你開始覺得只有你一人如此，直到她說：

「我也是。」

「妳怎麼應付？」你問。

「我抽菸、喝酒、吃東西。我努力款待自己，善待自己。我還跳舞。」

「拜託多告訴我一點。」

「抽菸還是喝酒？」

你倆都笑了，而你聽到她重新整理自己，也許坐直起來。

「我喜歡動，」她開始說：「一直喜歡。小時候就跳遍遊樂場無敵手。那是我的空間。我創造空間，而我跳舞跳進那個空間，就像跳進鼓留下的空間，大鼓小鼓踏鈸之間的空間，充塞寂靜，巨大寂靜的地方，鼓要你填補的那些時刻和空間。我跳舞是為了呼吸，但我常常跳到喘不過氣、汗流浹背，才能感受到完整的我，感受到無法時時感受到的那些部分，覺得自己不被允許去感受的那些部分。這是我的空間。我為自己創造了一個小小世界，而我就住在那裡。」

「哇。」

「抱歉，我說得太多了。」

「啊，不用道歉啦。我從沒聽過有人這樣聊跳舞，很酷。德普特福的星期三之夜跟妳頗接近……演奏爵士樂，但房裡有不一樣的氛圍。有股非常……非常自由奔放的活力。一群黑人可以盡情做自己。」

「等我回倫敦，我們一起去，都柏林沒有那種東西。」

「好喔。」

你打開手機的擴音。讓兩腿砰的一聲落到床上。你改成側臥，雙手塞到腦袋下面，彷彿在祈禱。祈求平靜。你的呼吸平緩了下來。你聽到她也是，你倆都在推拉那片隔開你們的海洋，載浮載沉。急促，卻悄然。突然一陣鼾聲傳來。你默默掛斷，希望不會吵醒她。

9

「要吃餅乾嗎？」

「呃——」

「吃啦，拿個兩片。」

她媽媽把一大罐銀色的馬口鐵罐頭放在你面前的小茶几上，裡面有形形色色的餅乾疊在一起。你拿了兩片巧克力消化餅，把一片浸入茶杯中。餅乾變軟，一半撲通掉進你的格雷伯爵茶。

「現在有什麼節目？」她媽媽像在自言自語，拿遙控器對準電視。快速瀏覽頻道，她停在冬季奧運。你們看著四個人乘坐一輛像是光滑長卵石的苗條車子，掠過結實冰磚砌成的賽道。

你來這裡，她家，拿你的帽T。你們原本打算在她回都柏林前碰面，但在這座城市，有太多事情串通一氣，阻止碰面和約會。那是二月一個星期天，你倆看著火車一班接一班取消，只好放棄。所以此刻你在這裡，她不在。而她不在，她的存在感卻更重。你來這裡，她家，是要拿你的帽T，你打算拿了就走，回到你家，只有你的地方，讓寂靜以你聽得到的方式嗡嗡作響。

但她媽媽歡迎你來，問你要不要來杯茶。於是你看著她優雅卻堅定地拖著腳步，專注而不慌亂地走去打開櫥櫃，拿出餅乾罐。

「可笑的運動，」她媽媽說。畫面變了。一個女人慢慢讓一個石塊狀的物體在冰上滑動，然後放開固定在物體上方的弧形把手。另兩名女隊員則拿著長柄刷擦著冰，彷彿要去除汙跡似的。這動作清出一條看不見的路，讓物體靜靜在冰上滑行，抵達有個白色靶心的目標區。

「噢，對，等我一下。」你聽到她在屋裡別的地方慢慢走；當她回到客廳，她把你的帽T放在其中一張椅子上。

「今天過得怎麼樣？」

週末夜晚。城市裡其他地方，人們都在反抗平日的職責，把酒館、酒吧和舞池擠得水洩不通。不論冬季稍早透露了多少暖意，都必然是假象。你白天都在室內度過，早晨在你的書桌前流逝。你瀏覽了一本圖像書——羅伊・德卡拉瓦的《我看到的聲音》（*The sound I saw*）——你也寫了一點什麼，不多，但總是有寫點什麼。白天其他時候，你裹著毛毯，仔細鑽研一本小說——莎娣・史密斯的《西北》。

「我好愛她寫的東西。」她媽媽說。

「她是我最喜歡的作家，《西北》是我重讀最多次的書。」也許這個問題我們永遠都該這樣問；別問你最愛哪件作品，讓我們問：哪件作品一直把你拉回去？

去年，一個夏夜，你拿你那本翻到破爛的《西北》給莎娣簽名。她戴著褐色的髮帶，金環在耳垂搖晃，臉上流露會心的神情，雖然她那晚才承認她一輩子缺乏信心。她的在場給人平靜，和緩、賢哲般的感覺。她看出你有一點點尷尬、一點點慌張——你朋友發誓說你差點哭出來——便引導對話。

「你家人來自哪裡？」

「迦納。」

「啊。家母曾嫁給迦納人，為時短暫。你們是很好的人。」

「發生什麼事了？我是說妳媽媽。」

「一些沒辦法解決的事。」

你們又說了一些話，而你試著——但未能——解釋這本書對你的意義。你的倫敦東南區和她的西北有許多雷同之處。

「東南區的哪裡？」

「卡特福。」

「我祖母住卡特福，我小時候在那裡度過不少時光。」

你微笑地看著她幫你的書簽名，再也說不出話來。你沒辦法告訴她，她的書你已經讀了好多遍，而且未來會讀更多、更多遍。沒辦法告訴她你的呼吸在哪裡哽住，雙眼在哪裡睜大。那些被她偷偷塞進段落、讀來舒暢的渴望的實例，你全都發現了。你想說，讀到她那篇探討這部小說的文章——

幸福的結局絕非普世一致。總是有人被拋在後頭。而在我長大的倫敦，一如今日，那個人多半是年輕黑人男性。

——你懂。

你提到寫作，倒是挑起了她母親的興趣。

「你在寫什麼，小說嗎？」

「我也不知道，有點類似，其實只是補我攝影的不足，試著找另一種說故事的方法。不過，我確實花很多時間讀小說。」

「所以，」她說，把一條腿蹺到另一條腿上。「寫作其實只有兩種情節設計：陌生人進城，或一個人展開旅程。所有好作品都是這兩種概念的變化而已。」

你離開時仔細回想這句話。那《西北》呢，那本沒有人是贏家的書呢？那你過的生活呢？誰是陌生人？誰是熟人？他們的人生旅程又是如何？

離開時你不知道該不該擁抱她的母親，但你順從直覺，張開修長雙臂，很快摟了她一下，沒有逗留。她有初雨泥土的清香，你可能也會說那是家鄉的味道。

在幽暗中等巴士的時候，你套上帽T。那像她的氣味：芬芳如撕下的花瓣，芬芳如夏日開花時從莖上摘下的薰衣草。你把耳機戴上，載入凱爾賽·盧的迷你專輯《教堂》[29]。那從頭到尾都是管弦樂，意在臻至一種寧靜的狂喜。此刻你去哪裡都可以，你閉上眼，被她的存在感籠罩，她不在，存在感卻更重。但你回家去了，沉浸旋律，不知不覺陷入打擊樂的停頓之中，從容地呼吸。

10

你搭地上鐵，從肖迪奇[30]搭到倫敦東南區，這時她打電話來。這天下過雪，一層白色塵土在破裂邊緣。不過，在走路去車站的時候，唯一的痕跡是你的回憶。地溼了，空氣清爽。

「你在哪裡？」她問。

「我在……」你望向窗外，撞見那棟巨大的桑寶利[31]。

29 凱爾賽·盧（Kelsey Lu, 1991-）為非裔美國歌手和大提琴手，《教堂》原名 *Church*。

30 Shoreditch，為吸引年輕創意和潮流人士聚集的藝術區。

31 桑寶利（Sainsbury's）是英國第二大連鎖超市公司。

「正要進布羅克利[32]。」

「我從都柏林回來了。感謝溫書週。」

「我以為妳星期一就回來了？」

這天又是週末夜，列車上有一群足球迷大聲喧譁，那種音量，你相信經過這一天，他們早習以為常。

「不，是今天。誰的聲音啊？」

你起身往車門走去，伸手將麥克風貼在嘴上。

「一大堆傢伙，看來是水晶宮[33]的球迷。」

「你幹麼用氣聲說話？」

「雖然沒什麼惡意，但我不希望他們認為我在談論他們。」

「了解。你聽我說——」

「嗯？」

「我覺得你該叫輛 Uber 來我這裡。」

「妳認為，」你說：「我該叫輛 Uber 去妳那裡？」

「對。」

「好。我去。」

「很好。我什麼時候可以看到你？」

列車一會兒進站。當你衝下月臺進入街上，向你的計程車招手，你經歷了一個彷彿被扔進未來、不知如何能記住的奇妙片刻。你想要目擊證人。你想要有人攔住你問：你在幹什麼？而你要回答：跟著感覺走。

「嗨，好友。」

---

32 布羅克利（Brockley）是南倫敦一區。

33 指水晶宮足球俱樂部（Crystal Palace Football Club）。

「嗨，好友。」

「我好想妳。」你說。

「現在也想嗎？」

「也想。」

「好喔。」

「妳該回『我也想你』。」

「呃——有點想。」

「無所謂。」

她眉開眼笑，伸手環住你的頸，把你拉過來。濃密鬈髮搔著你的臉，今天是乳木果油和椰子油的味道。身體分開後，你比了比她的T恤。

「妳喝Supermalt？[34]」

「當然不，那難喝死了。T恤是我表妹給我的。」

「妳怎麼可以不愛Supermalt？」

「那就像把一整餐裝進一個瓶子裡，味道太重了，而且不好喝，喝起來像……」她發起抖，彷彿要回想的事情曾造成什麼創傷。

「我體內的迦納血統被冒犯了。」

「除非你想一直被冒犯，不然別讓我看到那種飲料。」你走進她的客廳，她則進廚房。「說到這個，你吃了嗎？」

「除非妳把我喝的兩瓶蘋果酒算進去，答案是沒有。」

「那我們叫外送吧。披薩、辣雞翅。都要。」

「都要？」

「對啊。」

「呃。」你說，忍不住笑意。

「怎樣？」

「妳從來沒把東西吃完過。」

她雙手交叉，皺著五官，一臉不屑。

---

34 Supermalt是種麥芽飲品，無酒精、無咖啡因、富含維生素B群、礦物質等營養成分。

「你才從來沒把你的東西吃完過。」

「我向來會把東西吃完。」

「不——公平。」她聳聳肩。「我的眼睛比我的胃還大。何況，那表示我隔天都會吃午餐。」

「妳要我就點，」你說，一邊叫出外送網站。「我覺得我們的基礎有一大塊是一起吃吃喝喝。」

「我不覺得吃吃喝喝是不好的享樂。」

「我也不覺得。」

當食物送到，門鈴唧唧響起，雖說你交代他們到的時候先打電話：她不想吵醒她媽。你聽到她把外送員數落一頓，在門口打一場她已經輸的戰爭。

她來沙發和你會合，把披薩盒放在你倆之間，撕了一片走，伸手接著以免起司牽絲掉落。你也撕了一片，折成兩半，讓它兼做食物和碟子；她有樣學樣，嘆了一口氣，代表飢餓得到滿足。這時她也往後靠著沙發，伸手找你的手，而你牽了，十指交扣，彷彿這是日常。她的食指和無名指戴著戒子，你的指間感受得到指環的冰涼。當你們把這重要的時刻握在手裡，你們都不敢直視對方。你覺得天旋地轉，也覺得溫暖。你們都沉默不語，都不明白原來渴望可以用這種方式表露，如此溫柔的接觸，聲音竟如此宏亮。是她先打破這一刻。

「我們這樣牽手沒辦法吃東西啦。」

「是我不好。」

「沒有人不好。」

她打開電視，讓客廳被聲音淹沒。那是史派克．李[35]系列，所以大膽、挑釁、無禮。是九〇年代電影《美夢成箴》的重拍版。螢幕上那對男女正在做愛，大聲做愛，但做得太乾淨俐落，無法反映兩人親密時的熱烈與狼狽。

「妳還在乾燥期嗎？」

「是的。」她說：「你呢？」

35 史派克．李（Spike Lee, 1957-），美國電影製作人、導演、編劇及演員，電影作品大多掛「Spike Lee joint」之名，《美夢成箴》原名 *She's Gotta Have It*。

「乾得和沒擦乳液的手肘一樣。」她咬著下唇，但眼睛在笑。「笑嘛，」你說：「妳儘管笑。但等等——妳跟山繆爾一個月前才分？」

「夠久了。」她回答。

「我想也是。」

「我可能很快就會放棄。」

「我覺得這種時候禁欲好像比試著交往吸引人。」

「你禁欲多久了？」

「八個月。」

「啊？」

「妳聽到了。」

「那不是乾燥期，是乾旱吧。」

你不知道山繆爾會如何看待這段對話，但後來他什麼也沒提，不再提起。自這段友誼開花，山繆爾就打退堂鼓，隨著你倆越拉越近而越離越遠。他們分手時，你想探問他的狀況，但電話打不通，訊息未送達。山繆爾已切斷連結。你想知道，要是他得知這種情景會有什麼感覺，說些什麼話。你推開那些念頭和罪惡感，對各種聯想一笑置之，又伸手拿了一片披薩。

這麼做比較容易：打開盒子，迅速闔上，講幾句俏皮話封起來。讓身體這麼做也比較容易：嘻笑怒罵，吃吃東西，輕嘆幾口氣。努力讓自己陷入狂熱，讓大笑迴盪房間，噪音保護你的真心話。或者你倆都這麼想。你們繼續這麼做，直到你倆都累了，到她伸展修長的身體橫過沙發，把頭枕在你的大腿上。沉重，就如你手裡緊握著的這一刻。你一手擱在她的頭皮，伸進濃密的鬈髮，另一手安然落在她的腰臀之間。

「別讓我睡著。」她含糊地說。不一會兒，你也闔眼。

你在凌晨醒來，彷彿深陷現在的回憶之中。喇叭靜靜地播放著什麼。她的腦袋在你的手裡又熱又重。口乾舌燥，視線模糊。你的動靜把她弄醒，而你感覺得出來她也一樣，試圖在朦朧中找到清晰。

「我得上床去，」她下令。「你留在這兒。」

「好，」你說。她起身，而你伸出四肢，填補她四肢離開的空間。她搖搖頭，招招手。

你們在這裡，她的臥室裡，沒有交談。那裡幽暗、悶熱而沉重，卻宜人，就像被一個比你龐大許多的東西緊緊摟住。她放下百葉窗，拉上窗簾，現在房裡一片幽暗，只有微光從走廊透進來。她等你鬆開你的皮帶、解開你襯衫的鈕釦、充當睡衣的汗衫背心，再把門關上，將你推入更深的漆黑。她憑記憶爬上床，而你摸索著走向她。有一些空間要移動，但她把你拉過去。你的臉靠上枕頭，而她把臉塞進你頸部的曲線，你們的腿依序糾纏，她的、你的、她的、你的，你們的手臂勾著對方的背。你們如此契合，彷彿這是你們的日常。你們在這裡，在她漆黑、悶熱、沉重的臥室裡，沒有交談，輕快地朝睡眠而去。你們在這裡沒有交談，但就算交談了，話語也有負於你們，言語將不足以反映，兩人親密時的熱烈與狼狽。

當光線開始從百葉窗底下溜進來，你得離開了。你醒來，熱病已發作，使現場滿目瘡痍。好多想法在你腦子裡跳來跳去。口乾舌燥，視線模糊。這一次你的動靜沒有把她弄醒，但當你伸手抓她的門把，她發出微弱的抗議聲。她的手伸過來，牽住你的手，闖進來，親吻肌膚。此刻不需要多說什麼。你彎下腰，吻她的頭頂。

隔天，你又進了電梯，升到六樓。你敲了她的門。開朗的笑。你今天是為開啟這一切的案子而來，而你覺得身體在你們擁抱時緊張地顫抖，但你不知道是因為這件案子，或是昨晚發生的事。你不知道該怎麼跟你需要的目擊者解釋昨晚的事。可是什麼也沒發生，你會這樣說。目擊者會搖搖頭，彷彿在說。你不明白那是什麼意思嗎？躺在一起，沒喝醉，只有她朦朧的形體是存在的指引，感覺安心。那就是愛嗎？感覺安心？而你現在就在這裡，在她面前感覺安心，只被彼此的沉默隔開。

「妳感覺怎麼樣？」你問。

「很緊張，對於這件事，」她指著你正在架設的攝影設備。

「妳沒問題的。妳駕輕就熟了。」

「還有對於我們。」頓了一下。「我們需要——」

門鈴響起。

「談談，」她說。「我是要問，我們是不是需要談談。不過，什麼也沒發生，對吧？」

「對，什麼也沒發生。」

「我們沒問題？」

「當然，是吧？」

「是啊。」門鈴又響了。

「妳去開。」

「你去開啦。」這話荒唐到你倆都笑了。笑這個覺得荒唐的感覺。

你整個下午都在幫她的朋友拍照。那是位詩人。後來，很久以後，你會查看那位詩人的作品，發現〈離開之前〉，一首迴文詩，描述沒說出口的事，描述來來去去、撥號音的間隔，還有那些停頓——像是打擊樂的停頓，你呼吸最大聲的地方。那位詩人看出你和她的擁抱中有沒說出口的話，看出水裡的震動，引發陣陣漣漪的沉沒石頭。詩人看見你，詩人看見她，而你們都很感激這朦朧中的一點清晰。

你們同桌吃晚餐，你們三個，而當你們分開時，詩人看見你，看見她，看見漣漪和那顆沉沒的石頭，叫你倆遠離煩惱。

煩惱的是，那天下午——她回來一天後，狂熱的夢開始一天後——你在拍照，而她在詩人說話時向你望過來。她失神了一會兒，與你視線交會，一秒、兩秒、三秒，才回神。你拍完照，你確定自己屏住呼吸，與她視線交會，一秒、兩秒、三秒，才恢復，相機微微顫抖，把你猛然震回當下。煩惱的是，這是你欣然接受的煩惱。你明白陳腔濫調有其存在的理由，你很高興你的呼吸被奪走，一次三秒，或許不只。被這名女子奪走。

煩惱的是，你不只和她同桌吃晚餐，你還正要開始以前所未有的方式讓她共享你的人生。你從車站步行到她家，街燈斷斷續續用刺眼的強光澆熄你。你們聊起最近看的劇：《兄弟大小》[36]。那在倫敦檔期很短，你卻看了兩次，兩次都覺得呼吸困難，熱淚滑落臉頰。劇裡在講，無條件的愛在什麼條件下會崩裂。最後，你會發現，人們永遠無法不為自己的手足哭泣。

「我也看了，是有打動我，但我不知道有沒有像你那麼感動。」

「我弟是我幫忙帶大的。我知道那是怎樣的愛。有喜樂，有痛楚，有時我真的對他火冒三丈。他是我最好的朋友，但有時也像我的兒子。」

當你在黑暗中哭起來，她沒有看著你，但握著你的手，用拇指輕撫你的手背。這樣的親近，這樣的安慰，夠了。

36 *The Brothers Size*，麥克拉尼（Tarell Alvin McCraney）創作。

11

煩惱的是，一天後，陰霾像夜霧一樣籠罩。你和以撒坐在國家劇院冰冷的磚塊和混凝土內，溫暖依舊，狂熱依舊。你無法集中注意力。你渴望她的觸摸。前一晚，你們依然那樣相擁。

「你非走不可嗎？」

「該走了，我得早點把這些裝備還回去。」

「多早？」

「他希望七點以前。」

「媽的，那很早欸。」她依偎得更緊，如果有可能的話。「明天可以見到你嗎？」

「當然會，」你說。

煩惱的是，讓我們這樣解釋這個煩惱吧：你在狂熱的夢裡墜落，就算浮上來，也只會再次沉沒。多納丁．格勞[37]這麼說：一旦心迷失於狂喜之中，就無所謂自省，無所謂捫心自問了。你不會問自己問題；你不會問自己你和她是在什麼條件下相遇；你不會回想你是那一晚在酒館纏著山繆爾介紹你們兩個認識；不會回想那一晚你倆在她的公寓裡，你自己像小小的火焰那樣綻放魅力；不會回想那個朋友不再把你當朋友、不會回你電話或簡訊的事實；不會回想一切的原貌。你不思考了，你只憑感覺。事情還沒發生，你就已深陷回憶。你好想飽足地嘆口氣，你好想在炎熱的幽暗中緊抱她。你好想——

「有聽到我說話嗎？今晚想看表演嗎？」以撒問。

「我要見我朋友，」你說。

---

37 多納丁．格勞（Donatien Grau, 1987-）是法國學者、作家及評論家，專攻十九世紀及二十世紀初的藝術、文學及文化。

「你朋友，呵？」

「我朋友。」你堅持。但你是想說服誰呢？以撒，或你自己？

「那我們先喝點東西，你跟那女的約什麼時候？」

「你怎麼知道是女的？」

「我又不是新來的。」

「什麼意思？」

「你看起來好像被巴士撞到，拍拍灰塵，再去撞一次。你看起來好像很期待再被那輛巴士撞一次。」

「奇怪的類比。」

「我說錯了嗎？」

沒有，他沒有。你又回去了，去回憶還沒發生的事。你好想飽足地嘆口氣，好想在炎熱的幽暗中緊抱她。好希望你的身體說出原本說不出的話。

那天稍晚，她請你去貝思納爾綠地[38]和她喝點東西。你不假思索，向你的朋友宣布你要離開了。以撒望著你，眼底閃著會意的光芒，什麼也沒說。

「可是你才剛買票而已。」另一個朋友說。

「可以給我嗎？」他的同伴說，那人幾分鐘前才過來會合。

「好啊。問題解決了。」

你離開朋友，立刻動身，穿過蘇活區朝皮卡迪利圓環而去，搭棕線往牛津圓環[39]，轉紅線往貝思納爾綠地。你向她畫出一條直線。不，這條線從以前就在，現在仍在，永遠都在，但你想要鞏固，想要加強。

正當你從地下鐵車站來到地面，你的手機發出砰然巨響。

38 貝思納爾綠地（Bethnal Green）是倫敦一個地區。

39 蘇活區：Soho；皮卡迪利圓環：Piccadilly Circus；牛津圓環：Oxford Circus。

你在哪裡？

快到了。

「我喝醉了。」當你走進那家餐廳、悄悄坐到她身邊，她這麼說。她眼裡閃耀的光澤已洩露真相：銀光熠熠，像反射的玻璃。她牽起你的手，擱在你的大腿上。用這種方式，她向你畫出一條線。打從這場狂熱夢境的開始，她就這樣畫了。或者不是。是你，是你在要求認識她時就向她畫出這條線。當她要你叫Uber 去她家時，把線畫了回來。那條線從以前就在，現在仍在，永遠都在，而你倆都試著鞏固它。

你在酒吧度過快樂時光，她介紹你給她的朋友妮可和雅各認識。形形色色的雞尾酒杯彼此碰撞，叮叮噹噹，銀鈴笑聲隨後跟上。你們安定下來，彼此繾綣，她的頭懶懶倚著你的肩，這時雅各指指你，又指指她。

「所以你們兩個一體了，對吧？」

「什麼？」

「你們兩個是……」他眨眨眼，眨得很鈍。

他最好知道啦。你們同桌時，這粗魯的白人從頭到尾都在講他自己有多重要——他告訴你他在廣告業——他會是你的目擊證人嗎？你會靠過去跟他解釋你和她不是他所想的那種一體，而是連你們也無法領略的那種一體？會告訴他你深埋地下的那顆種子已在錯誤的季節開花，花朵之茂盛，讓你和她都不由得驚訝？

「少來了，」他說。「很明顯好不好。」

「什麼很明顯？」她說。

「你們兩個搞上了。」

「絕對沒有。」

「絕對有。」

「我們沒有。」

「這裡都是朋友，」他比著桌子。「兩個長得好看的人，我不懂有什麼好隱瞞的。」

或許這個男人不是目擊者，而是被派來要你們正視自己。

「我們沒有做愛。」你說。

「嗯……」那男人說，喝了一口啤酒。「這樣啊，那你們是模範伴侶。」他竊笑著。她把你的手握得更緊。你這時才發現，原來你們已經是一起面對這個男人了。

「等等，你們兩個是怎麼認識的？」雅各問。

「一個朋友介紹我們認識的。」

「妳男友嗎？」妮可問，哪壺不開提哪壺。

「妳男友介紹妳們兩個認識？」雅各作勢要衝到你們這邊來。

「我們沒在一起了。」

「唉唷喂呀，」他說，真的樂在其中。

在清爽的夜晚空氣中手牽手漫步時，她突然拉住你不走。她花了點時間鎮定下來，雙眼如鏡玻璃般銀光閃爍，你的映影扭曲而顫抖。星期一晚上，你們站在這裡，紅磚巷[40]。她星期六晚上到，而你想都沒想就向著她畫一條線；想都沒想就繼續每天回來；想都沒想就把手伸向她的臉，而她輕輕磨著你的掌心，短暫的愉悅閃過臉龐。她停下來，同時牽起你兩隻手。

「你得保證一切都不會改變。」她說。

「我沒辦法這樣承諾。」

「你得承諾。我太愛你了，經不起任何改變。你就像我最好的朋友，」她含糊不清地說：「比那多更多。」

「好、好。」你說，試著鎮定下來。「我保證。」

她房裡朦朧幽暗，百葉窗放下，窗簾拉上，一瓶水放在她的五斗櫃上，防止

40 紅磚巷（Brick Lane）又譯布里克巷，位於倫敦東區。

宿醉。沒什麼用，但聊勝於無。總之，她宣布她得換上睡衣，而你轉過身，因為此時此刻，你渴望沉醉的不是她的肉體。她輕拍你的肩膀，一手滑上你的腰，把你轉回去面對她。她站在你腳上，頭倚在你胸膛，聽你心跳像貝斯一樣咚咚響。

「慢，真的很慢。那裡一定很平靜。」

她爬上床，讓羽絨被像門一樣敞開。就像前一晚，以及更之前那次，她等候著，望著你在這午夜時刻解去任何束縛。你爬到她身邊，她搖搖頭。

「燈，麻煩你。」

在你彈掉電燈之前，你們的眼神在沉默中交會。凝視不需言語，那是誠實的交流。

「晚安，」她說。

「晚安。」那一瞬間，你從狂熱的夢中浮了上來，旋即再次沉沒。

今晚不一樣，但也沒什麼不同。她讓一腳滑進你兩腿之間，緊挨著你，呼吸深沉而和暢。你覺得你的身體逐漸放鬆、墜入夢鄉。就在這時，她抽出腿，轉過身去。你仰躺著面向天花板一動也不動的黑，感覺她的手輕輕叩著你。

「妳沒事吧？」
「手，」她說。
「啊？」
「手來。」
於是那隻沒被你倆身體困住的手朝她伸去，她像拉一條毯子那樣，讓它環抱她的身體，緊緊勾住。她一腳輕輕掠過你的腳，最後在你的小腿間安定下來。她身子從床上下滑一點，好塞進你胸口和下巴之間的空間，濃密柔軟的鬈髮搔著你的頸子。你們如此契合，彷彿這是你們的日常。拉住你臂膀的那隻手又去找你的手，攤開你的手指與她的交錯、扣住。今晚不一樣，但也沒什麼不同。在什麼條件下，無法壓抑的會繼續被壓抑呢？沒說出口的事情很少如此繼續。它們會以意想不到的方式成形，在觸摸、掠視、凝望、嘆息中彰顯。你們原本只想在黑暗中相互擁抱。現在你們打開了盒子，讓它在夜裡毫無防備。你們相信對方，相信一覺醒來仍會完好如初。你們憑感覺行動，你們深陷現在的回憶，你們跌入狂熱的夢境，浮上來，只會再次沉沒。

12

你想要聊聊壓抑。

你走在巴特希橋畔[41]。從邊緣俯瞰，河水波浪起伏，電話線清清楚楚，話語急切，語言薄弱而不充分，感覺真誠。你站在巴特希橋上，看著水面的漣漪，你不禁納悶，現今這種局面，第一波漣漪是什麼掀起的。她人在機場，等候往都柏林的班機，問著同樣的問題，回想你們初遇的那一晚。她試著了解那一晚你們之間交流了什麼，剎那間明白，她是不可能領會的。她想到你從倫敦中區到東南區那段酒醉的路程，還有更近的，你們幾乎形影不離的那五天，除了兩個朋友同床共寢、體會有些人永遠無法體會的親密，其實什麼也沒發生的那五天。也就是要問，什麼叫連結？什麼叫斷裂？什麼叫崩裂？

「我們一直在這個點兜圈子。」

「喔，這樣嗎，都算我頭上，」她說。

「我們都知道過去幾天有事發生，是我們無法忽略的事。」

「什麼也沒發生啊。」

「那就是重點。假如我們睡過還比較簡單。反觀現在，我不知道究竟發生了什麼事。比較真實一點的事。」

徹底的靜默，只有她厚重的呼吸。

「所以我們現在該怎麼辦？」

「我要逃走了。」

「什麼意思？」

---

41 巴特希橋（Battersea Bridge）位於倫敦西部，橫跨泰晤士河。

「我沒辦法繼續了。有太多因素，太多左右為難。你是我的朋友，最親密的朋友。也算前任？山繆爾聽到這個大概會樂不可支。不是，這太複雜了。」

「所以妳打算做什麼？」

「我得去趕飛機。」

隔天，在咖啡館杯子的鏗鏘聲中，你幾乎聽不到她在電話裡說什麼。你躲去街上，在店門前的一小塊空地來回踱步。紅磚巷很安靜，就連平日也是。你穿著T恤，因為春天正閃現陣陣夏意，萬里無雲的藍，天頂的橘色光暈。你們有說有笑，因為這麼做比較容易：打開盒子，迅速關上，講幾句俏皮話封起來，就是這樣，直到——

「我等不及要突破乾燥期了。」

「嗯哼。」

「祝妳也很快突破。」

「噢，呵，」她嗤之以鼻。「你的祝福遲了一點。」

「什麼？」

「我，呃，對，我昨天已經突破了。」

「可是妳昨天才回去欸。」

「是啊，就是昨天發生的。」

「噢，這樣。」

「你沒事吧？」

「沒，」你撒謊。「我沒事啊。」

「這很怪。」

「的確。」

「但我應該沒欠你什麼，我們只是朋友。」

「對，只是朋友。」

「我想我該走了。」

「好。」她猶豫了一下，不再說話，掛斷電話。

你佇立了一會兒，像輛一動也不動的汽車，被什麼從後面猛然撞上。

同一天，你下了一輛 Uber——天色很快暗下來，而在一片漆黑中從車站走到你朋友家的距離太遠。你已經走了兩、三步，朋友家映入眼簾。若從這裡扔塊石頭，必能打破玻璃。你想要一個有一杯葡萄酒，唱片在背景旋轉的夜晚。你想要好的食物，和更好的陪伴。事情還沒發生，你就已深陷回憶。這時他們攔住你，像一輛正在前進的車子被擠出道路。他們告訴你這一帶最近突然發生一連串搶案，他們說你符合很多居民描述的嫌犯特徵。他們問你要去哪裡、從哪裡來。他們說你不知是從哪裡冒出來的，簡直和魔法一樣。他們沒聽到你抗議，他們沒聽到你的聲音，他們沒聽到你說話。他們看到了某個人，但那個人不是你。他們想看看你袋子裡有什麼。你的財物散落一地。他們說他們只是在執行勤務，他們說你現在可以走了。

你離屋門還剩一半的路。你被掏空，彷彿他們倒空的不只是你的袋子。你的手腳已不聽使喚，你不知道已經站在門前多久，才接到朋友來電，問你人在哪裡。你告訴他們你突然有事，到不了了。你叫了Uber，回家去。

你沒有告訴任何人那件事，如同你沒有告訴任何人，上回被他們嚴厲攔下來那一次。那時你朋友在開車，一手抓著方向盤，另一手配合說教，比著手勢。你記得你們聊到信仰，聊到上帝，聊到美，聊到無法解釋的事物。你記得談到宗教、力量和黑人民族性。你記得你開了個玩笑，讓他嚴肅的臉孔豁然開朗，笑聲從胸腔轆轆滾出。你不記得玩笑的內容，但你確信，就像你慣有的幽默，那機智、那尖銳，以所有你可以解釋的，和所有你無法解釋的為基礎。你記得那些沒說的，那些未說出口的，讓沉默分外凝重。那一刻延續了、滯留了，你們知道彼此都想說自己害怕又沉重，但緘默是一首你們滾瓜爛熟的歌。你反倒說你餓了。他把車開到路邊，而就在這時你聽到「吱……」一陣尖銳刺耳的輪胎聲。

這星期第二次了。你不累嗎？

被尖銳刺耳的「下車」、「下車」、「下車」淹沒。他們叫你們下到地面是為了象徵性的目的。裝死。你發出一陣微弱但鋒利如奶油刀的抽噎。你聽到那聲音在胸口嘎嘎作響，用力把不正經的臉孔關上。全蝕。你做到了，你欣喜若狂。這就是死的意義，你想。全蝕。天空變黑。哈。你看著他們其中一人的一隻眼睛，看到惡魔的形象。他的食指扣住扳機，彷彿正抓著救生索。他看起來很驚恐，在皺巴巴的前額後方，嚴厲的眼神後方，他看起來很驚恐。他看起來對他不知道的事、和他不一樣的事感到驚恐。他看來驚恐是因為他沒有懷疑自己，沒有質問他的信仰，沒有填補空白、消弭差異，而繼續視你為威脅。你符合檔案資料。你符合特徵描述。你不適合用這個箱子裝，但他硬是把你擠進去。他看起來很驚恐。他們全都一樣。你不會接受他們的道歉，不會接受他們向你伸來的手，因為就連這些也都是黑暗中的武器。是好容易犯的錯。這是這星期第二次，你的朋友得裝死。讓我們問問其他符合特徵描述的人：你們也得裝死嗎？你們也不被人放在眼裡嗎？你們累了嗎？

但當你那星期第二次遇到那種事，你得告訴某個人，就算那個人是你自己：

我只是走路回家。平常的路線，走捷徑穿過公園。還多久到家，三十秒？大概吧。一輛車停在路口。那很怪，因為時間很晚了，一片漆黑，車子頭燈關著，但不是停在那裡，車上有駕駛，還有一名乘客。當我斜著眼看它，頭燈咯噠一聲打開，全亮。刺眼，然後車子向我開過來，很慢，龜速。噢。我可以跑快點。總之，我加快了腳步，但我知道車子會在我到家前追上我。而當它追上，駕駛搖下車窗，卻什麼話也沒對我說，兩個人都沒說，只是用真的很慢的速度開過去。很怪，而直到車子開走，我才看到車上有警察的標誌。

從她打電話給你，要你在出碼頭區輕軌後叫 Uber 去她家，到今天不過一個禮拜。你一直在墜落。今天，星期六，你上午很晚才起床，爸媽已經醒了。他們才從迦納回來沒多久。有事情不對勁。你感覺得出來。你走進他們的房間，你父親正坐在床緣。他的肩膀塌著，他整個人都塌陷了。臉頰有一條乾涸的淚痕。你把他拉起來抱緊，讓他在你安慰的懷裡呼吸。

「你爺爺去世了。」他低聲說。

悲傷像鞋子裡不安分的小卵石在你心頭磨來磨去。你不知道自己該往哪裡去，你看不到自己該往哪裡去。你打給她。儘管發生了那些事，你還是打給她，你最親的朋友，告訴她你累了，心累了，告訴她你明明已與死亡和解，那還是令你心痛。她拿著電話聽著你哭，當淚水停住，悄然無聲，她仍在電話上，然後用她喧鬧的幽默分散你的注意力，而當對話終於能自然發展，她提醒你，她一直在那裡，永遠支持你。

但就連在這裡你也有所隱瞞。你沒辦法告訴她，有天晚上你爸走進你房間，把他用來打國際電話的小支黑色電話拿給你。

「是爺爺。」

你全身僵硬起來。電話仍在那兒，你爸手裡，靜電干擾清楚可聞。你認識電話另一端的男人：你們一年講幾次話，照慣例問對方那些問題。過得好不好，健不健康，但一切僅止於慣例。他是家人，沒錯，但你和他不熟。你把電話帶進房間。

「哈囉。」

「噢。你都沒打給我？」

「什麼？」

「你都沒打電話給我，我都沒聽到你的消息。我時間不多了，你得多打給我，我可能隨時會走。」

「好。」你說，一邊衝出房間，把電話還給你爸。

回到房間，你感到的羞恥更加鮮明。他說得對。你沒打給他。他八十好幾了，經歷過幾次中風，需要醫療協助才能續命。

在廚房裡，你納悶眼淚為何而流：是因為失去他，還是因為失去自己？

你這個人就是一直道歉，而你的道歉常化為壓抑表現。那樣的壓抑不分青紅皂白；那樣的壓抑不知道何時會溢出來。

你想要說的是，對你而言，躲在自己的黑暗裡，比披著自己的脆弱露臉來得容易。不是比較好，但比較容易。然而，你壓抑得越久，就越有窒息的可能。

某些時候，你得呼吸。

13

熱病發作幾個月後，有天你從你位於貝靈漢的住處，走到朋友伊莫珍位於吉普賽山丘[42]的家。現在五月了，你看到一條延長線拖過草地，宛如什麼散漫的想法，還看到一名女子拿刀修整生長過度的樹籬。一名男子路過，揹著他的女兒往山下去。她的耳朵夾著小小的金環，她緊抓他的肩膀，兩腳跨在他軀幹兩側；他的雙臂向後，環抱她的腰。陽光在身後追著他們下山。你繼續走。

你和她的家人坐在她的花園裡。兩兄弟、她的父親、伊莫珍。你解開襯衫一顆鈕釦，覺得幾顆被困在織物和皮膚之間的汗珠解脫了。你們都坐在那裡，沐浴

---

42 Gipsy Hill，南倫敦丘陵區，可眺望倫敦市區和達利奇區。

在頭幾道初夏的陽光之中，那慵懶的暖意逗留了，久久不散；時間模糊了。你正抓著一只空啤酒瓶，伊莫珍則嘖嘖啜飲玻璃杯裡的餘沫。

「讓我們避個暑，」她說。

室內，你和你最老的朋友同坐一張沙發。伊莫金緊挨著你，此景並不陌生。還在學校時，當你傍晚練完籃球現身，是她蹺著腳、脖子貼著她意在炫耀的手機，耐心等候。她會用她親切、專注的凝視抓住你的目光，而這時人已動了起來。

「今天順利嗎？」

低聲氣喘吁吁的回答，逐漸變成順暢深入的聊天。並肩走向偌大的田野。緩慢有節奏的步伐繞著圓周走，一圈、兩圈。時間走樣了，又被不知你們人在哪裡的爸媽拖回來。依依不捨，把她嬌小的身軀塞進你的胸口；不搭電梯，想走路，創造順暢的話題，找到相處模式。

沙發上，她用同樣專注的凝視打量你。

「你是怎麼回事？」她問。
「我不曉得該不該和我朋友碰面。」
「為什麼不該？」
「就感覺不好。」
「那就別去啊。」
「但我想見她。她從都柏林回來，只待幾天。」
「跟著直覺走就對了。」

你不是先知，但你該更相信自己。

你離開伊莫珍，搭三號巴士蜿蜒進入布里克斯頓[43]，要和她與詩人碰面。彷

43 Brixton，倫敦南部一個地區。

佛熱病不曾發作，彷彿你已回到你們，你們三人同桌吃晚餐的那一晚。一如以往，當你們分開，詩人看見你，看見她，看到漣漪和那顆沉沒的石頭，叫你倆遠離煩惱。

從布里克斯頓的 Nando's 餐廳前往里茲電影院。到酒吧，你點了威士忌，她扮了鬼臉。她點了甜蘋果酒。那裡有陽臺，你們坐在一張搖晃不穩的桌子，喝得很快，以免溢出來。你們坐得離路邊有段距離，所以你們是先聽到尖叫，再來是砸破玻璃，再來是互相叫罵，怒不可抑、歇斯底里、情緒激憤。你們從陽臺望去，與布里克斯頓其餘民眾一起觀看太多警察對付一名女子。一隻膝蓋壓在女子的背上，陽臺上的一小群人無不提出自己沉重的結論，抑或是，對自己無能為力的絕望。

「真希望我能做些什麼。」

一位陌生人安慰另一位。「你沒辦法。像那樣的人，長年住在布里克斯頓的人，注定失敗。」

而你怒不可抑、歇斯底里、情緒激憤，但你看得很清楚，宛如沒有結霜的窗戶，你看到別人沒看到的，那名警察的膝蓋，正頂著女子的背。

「你還好嗎？」她問。你搖搖頭。

你們穿過布里克斯頓，經過一個加勒比園遊會。她放蕩不羈、慢慢悠悠的身影引人注目。當她開始加快腳步，臉上綻放微笑，你懷疑人們見到的是否就是真相。你覺得不是。那杯酒你喝得太快，你知道，但你想都沒想就和她走進桑寶利買了一瓶酒分著喝，兩人都喝得太快，醉得太快。溢出來了，在巴士上溢出來。在往她公寓的路上溢出來。你倆都停下來質問對方，又掩蓋過去。這樣比較容易，眼下如此。

「聽說你遇到山繆爾。」

你遲疑了一下。「妳聽誰說的？」

「山繆爾。我昨天見到他，和他在同一站下車。」

「他問我我們有什麼進展嗎，我沒辦法給他直接的答案。」

你也不能。一個禮拜前你在類似場景遇到山繆爾：都搭火車在象堡區[44]下車，在月臺上碰到。這是幾個月以來你們第一次見面，他粗魯、刻薄地對你說話，然後切入重點。

「所以你和她在一起了吧？」

「誰？」

「別把我當白痴。」山繆爾說。

「我們沒在一起。」

「可是你想？」

「你又知道了？」

「我說了，別把我當白痴。你們第一次碰面，我就看到你用那種眼神看她了。十二月我去她家時，也看到同樣的眼神。我也聽說你們是怎麼講話的。隨便都知道啦，老兄。你們搞不好最後會結婚。你們都是成年人了，可是，去你的，誠實點好嗎？我受夠別人對我撒謊了。看到你在乎的兩個人彼此情投意合已經夠難受，還什麼都不講？根本垃圾。所以，告訴我，情況怎麼樣？」

「老實說，」你說：「我也不曉得。」

但其實你曉得。給欲望發言權就是給它用以呼吸、賴以存活的身體，就是承認並屈服於超乎你理解範圍的事。若向山繆爾坦承，就得攤開渴望的皺褶，而他正是親眼看到渴望湧現的目擊證人。向山繆爾坦承，就是要他宣布你無罪。那會讓你放棄抵抗，賦予你行動的自由。對你來說，保持沉默、不要洩露欲望比較容易。山繆爾滿心期待地等著，又等了一會兒，確定等不到，便邁步離開。

當你們走在通往她公寓的小徑，搖搖晃晃、醉醺醺的你問，「妳會不會氣我什麼都沒說？」

她搖搖頭。「還好啦。」

「所以妳生氣了。」

她笑了笑。「聽他那樣說，感覺是很奇怪。就好像你在外面尋找自己。我知道那只是巧遇，但還是一樣。」

---

44 Elephant and Castle，英國倫敦地區名，亦是市中心一個重要交通路口。

「對不起。」

「別說這個了，」她說，一手勾住你的腰。「天啊，我好想你。」

「我也是，」你說：「我也是。」

室內，你們坐在房間兩頭。你們都在和一個寄宿的年輕人說話，深知新增的第三人會改變動能。她用眼神推了你一把，比了比她前面的空位。你為什麼坐那邊？她說，過來啊。所以你過去了。去坐在地毯上沒放東西、她兩腳伸過來的那一塊，把你的手擱在她裸露的肌膚上。這樣可以嗎？你問。就是這樣，她說，就是這樣，所以你人在這裡，你醉了，已經有東西溢出來，但你擦掉了。她一手摸著你的光頭，探查其輪廓。對話有去有回，流動、俯衝、曲折，但當他就寢，事實很明顯，你們一直在等獨處的那一刻。

「今天你不能住這。那房客睡我房間，我得跟我媽睡。」

「我知道。」

她轉身，邀你去沙發，邀她自己把頭枕在你的大腿上。

「別讓我在這裡睡著。」

換了姿勢：她翻了身，腳伸到你的大腿上，頭靠著沙發上的枕頭。

「我待會兒就得上床睡覺了，」她說。

姿勢又換：她坐起來，雙臂纏住你，親吻你胸口的衣料，親吻你臉頰暴露的肌膚。你傾身，她也傾身，但她轉了方向，讓唇再次吮著臉頰，又一次。你偎得更近，擦著她的鼻子，結果還是一樣：她學你，而半途，抗拒了一會兒，或許她也在感受她自己朦朧中的清晰。你們玩起這個遊戲，這風險太高的遊戲，在沙發，在她家廚房，在她家走廊。你想要走完一段旅程，她也想，卻在抵達目的地前轉身走了。

「喂，妳還好嗎？」

她點點頭，把你們糾纏的四肢解開。「我想你該回家了。」

你從德普特福走回貝靈漢，一路上一直在想，你倆會如何回憶這天晚上的事。你在想，這般渴望你最好的朋友是何意義。你想要長久控制、抑制、壓制這種感覺，因為有時躲在你自己的黑暗裡，比赤裸裸、毫無防備地露臉，在自己的光芒中閃爍來得容易。你在想，她會不會和你一樣。你想要溢出，不管那可不可以擦去。你一邊想，一邊穿過黑夜，帶著這些不熟悉的感覺，徘徊於熟悉的街。倏然，陽光劃破地平線，而你發現自己身在公園，俯臥地上。相較於你火熱的欲望，草坪感覺涼爽；相較於你疾馳的心跳，生命靜如止水。

14

夏天了。你在牛津圓環的 NikeTown 工作，補貼攝影收入。你原本只是在那裡打打零工，從前年開始，做畢業後的權宜之計。現在，這成了固定裝置，你打卡上班、打卡下班。你打卡，醉生夢死度過每一天。其實你在這裡也沒有那麼不開心，只是這裡存在這種議題：這份工作太舒適，而多數情況下，考慮到你和同事都是一部巨型機器的齒輪，你們所受的待遇相當不錯。

空調壞了。大面窗都被設計成盡可能讓日光透進，給人在戶外而非圍牆裡購物的錯覺。你在做白日夢，想像在其他地方度日。你想搭飛機去別的地方，散散步。前一年夏天你就這麼做了，在八月飛去西班牙塞維亞，讓熱攫住你全身，從早到午越抓越緊，到午睡後才鬆開。你會早早醒來，下樓到公寓底下的餐廳，雖然你的西班牙語說得還不錯，仍胡亂進行一段睡眼惺忪的對話，點了一份Tostada[45]和黑咖啡。你會花一整個上午探索城市外緣，然後回到公寓午睡。醒來後，你會棲息在你房裡小小的書桌前，動筆在破爛的黑色筆記本上寫東西，敞開陽臺的門，讓外面多種語言的嘰嘰喳喳飄入。你可能會吃點心，再多走一些路，轉往市中心，去一家酒吧，晚一點再去一家餐廳吃Tapas[46]。接下來，你會坐在瓜達幾維河畔，讓雙腿懸盪。那裡的河堤並未設防，想泡水的都可以跳下去。很多人與你所見略同——讓腿盪啊盪，不下河裡游泳——於是河堤有一排腿踢上踢下，聽著河水來來回回，嗖嗖輕輕拍打。

夏天了，而你渴望日子過得簡單一點。你想閱讀，你想寫東西，你想與陌生人一起吃晚餐，不排斥再換間酒吧喝一杯。你想要跳舞，你想要在地下室找到自己，放鬆脖子，跟著一群樂手的演奏快速擺動你的頭——不是因為應該如此，而是因為必須如此。夏天了，你盼望能少點煩憂；你盼望更長的夜、更短的白晝；你盼望大夥兒群聚後花園，看著烤肉在戶外架上滋滋噴濺；你盼望放聲大笑到胸痛頭暈；你盼望在歡樂中找到安全感；你盼望能夠忘記，就算只是短暫，忘記那不斷折磨你、使你胸膛緊繃、左側疼痛的恐懼。你盼望能夠忘記一離開家，便可能無法完好如初地回家的事實。你盼望自由，就算短暫，就算可能不會持久。

你盼望著。

夏天了。你在工作。你遠遠瞥見某人的律動，心想，我知道那首歌。時間點吻合——學年結束了，所以她一定回倫敦了——但那依舊令你驚訝。同樣令你驚訝的是你不由自主大步踏過樓面，快速前進。她頭髮短了，捲曲緊貼，經過修剪，但其他仍一模一樣，臉上洋溢著快樂和俏皮，眼中閃耀笑意，修長的身軀以她獨有稍卡的優雅律動。

當你擁她入懷，緊緊抱住，越摟越緊，你明白你們之間的溫暖猶在。

45 油炸玉米餅，也可指加上任何菜餚的玉米餅。

46 指正餐前做為前菜食用的各類小吃，是重要的西班牙飲食文化。

「妳在這裡幹麼？」你問。

「哈囉。」

「哈，哈囉——妳回來啦？」

「是啊。」

「什麼時候回來的？怎麼回來的？回來幹什麼？」

她咧嘴對你笑，看著你的興奮溢於言表，化為緊張的不知所云。

「來這裡啊。」她說，再次把你拉入懷裡。

「多久了？一個月？」

她點點頭。「差不多。」頓了一下。「太久了，真的太久了。」

你們分開，她把手伸向你的臉，但沒有真的碰到，而是勾勒你的輪廓，賦予你形狀與細節。夏天了，而她向你畫了一條線，或許一直存在，也將永遠存在的線。夏天了，語言依舊薄弱，依舊不充分，所以你們站著，靜靜承受一切的重量，讓你們的身體供認事實。

夏天了，所以你們全都動得比較慢。休士頓「降速和跳拍」音樂[47]的傳奇開創者 DJ Screw[48]如果還活著，想必會用比較慢的節奏創作歌曲，感受音樂、讓你們聽得到饒舌歌手唱什麼。我會自己錄音，讓人人都能感受。對 Screw 來說，把唱片慢下來，就是允許它呼吸。

這樣的緩慢之中，有種暢快的自由。頻率降低了，重要的就不再是腦袋，而是胸膛。你用你的胸膛說話，你感覺貝斯砰砰拍擊，宛如心跳；你用胸膛說話，知道你的聲音充滿力量；你用胸膛說話，相信自己。你講了話，頓時明白，慢下來說話，你可以呼吸。你覺得這種說法很怪：允許呼吸，那麼自然的事情，生命的基礎，竟然必須徵求同意。也就是說，必須徵求同意才能活下去。

47 Chopped and screwed，是嘻哈DJ使用的技術。

48 本名 Robert Earl Davis（1971-2000）。

夏天了，所以讓我們慢下來，吸口氣。假設你在七月一個週六午後打籃球，攤開四肢躺在邊線，大口喘氣。你把手伸進袋裡，取出你龐大的三十五毫米底片相機。拿在手裡永遠那麼重。你開始拍照，後來，當你把底片浸在化學物質裡，發現你不經意拍到一張。在拍完前一張後，你的手指繼續按住快門幾分之一秒。那天是晴天，所以或許大於二五〇分之一秒。而後，你沖完底片，洗出的畫面如下：

球已出手，它向後旋轉，劃過天際。這場二對二鬥牛的四名球員全都靜止不動，看著球以快過肉眼能辨識的轉速飛行。投籃的人以意志力驅使球飛向籃框。其他人各有各的想法，但你知道投籃的人希望球進。天很藍，有一抹雲。七月週六午後，氣溫二十六度。如果球進，他們會把它撿起來，重新發球開啟新回合；要是沒進，會有一名或多名球員衝搶，繼續這波攻防。他們這麼做是因為他們需要、他們想要。他們這麼做，是因為他們感受得到。

你有好多好多話想講，但找不到話講。

夏天了，語言固然薄弱，但有時那是你絕無僅有。你坐在你家園子裡，嘴在炎熱中張得老大。你面前那張小桌子上，冰塊在水裡逐漸縮小，你的筆記本靜止如空氣，又溼又黏。你正在寫信給她，為她打造一個你可以共享的世界。你在寫你不該在這時看到，卻在這時看到的那個掛在天上的球體。月亮逗留天際，在日光下顯得黯淡，幽暗中顯得豐滿。你試著慢慢寫，好讓她聽見你在說什麼，但也是因為慢慢寫有慢慢寫的樂趣，重要的不再是腦袋，而是胸膛。

說到這個，你正在播「探索一族」[49]。《底層理論》。你不知道不言而喻的團長 Q-Tip 怎會切掉高音部的一切，讓低音部的貝斯掌控全局，讓貝斯宛如祈禱般說話，宛如對自由的渴望。這不是一張憤怒的專輯。當然，有過多角色亮相，但它們是為了被看見而亮相。這張專輯就是在講被看見、被聽見；就是在講自由。就算短促，就算只能在菲夫[50]應允你追求〈奶油〉的主歌裡找到，就算只能

49 探索一族（Tribe Called Quest）是一九八五年成立的美國嘻哈團體，公認為另類嘻哈音樂的先驅。《底層理論》專輯原名 *The Low End Theory*。

50 菲夫指探索一族裡的饒舌歌手菲夫．道格（Phife Dawg），〈奶油〉原名〈Butter〉。

在〈劇本〉巴斯達韻[51]喧賓奪主的驚喜中發現。哈尼夫．阿卜杜拉齊卜[52]曾評論過這張專輯，感嘆，多奇怪啊，生命竟要透過你的瑕疵、透過血液、透過浮腫的臉、彎曲的身體呈現於世。多奇怪啊，你和其他黑人所過的人生，永遠被人看見，卻視而不見；永遠被人聽見，又壓抑無聲。多奇怪啊，生命竟得自己開拓小小的自由，竟得告訴自己你可以呼吸。但多美麗啊，當自由乍臨，當你在呼吸，當你與菲夫唱和，或唱這段副歌：「我們有爵士、我們有爵士」的時候，生命多美麗啊。當你身在人群，發現你游移的目光與二、三十公尺外的另一人交會，生命多美麗啊，哪怕你倆都不知道你們的肩、你們的臀都在跟著貝斯擺動，因為這從來不是你們得去思考的事，這是你們自然會做、自然理解的事，而你倆都舉起小手，向促成這一刻的環境致意。多美妙啊，像這種你們不必隱藏的時刻，多美妙啊。在大鼓的連續輕敲聲中了悟，有時活著就是一種喜樂，多美妙啊。

夏天了。你人在戶外，穿著短褲和無袖運動衫，汗仍從毛孔冒出來。穿過扎實的音牆——從室內，你剛把《底層理論》調大聲——她的聲音向你飄來。一定是你弟讓她進屋裡了——你爸媽又不在，這次是回鄉度假，而沒有需要介紹的壓力，你和她的方程式比較容易解。她走出屋子、進入園子、拿著手機，微笑聆聽。她吻了你的頭頂，坐到你對面的位子，把褲裙拉起來蓋過膝蓋。

「熱，」她用唇語說。

你走進廚房，給她倒了一杯大半結冰的水。你回來時，她已講完電話。

「哈囉，好友。」

「怎麼了嗎？」你把那個杯子放在你的旁邊。

「噢，沒事。」她張開雙臂。「夏天了。」

「真的。」

---

51 〈劇本〉（Scenario）為《底層理論》專輯裡，探索一族和美國饒舌歌手巴斯達韻（Busta Rhymes, 1972-）合作的歌曲。

52 Hanif Abdurraqib（1983-）是美國詩人，散文家和文化評論家。

夏天了，所以，就如遇到她之前你在塞維亞所做的，你們一起在外面度過下午，吃吃喝喝，然後進屋裡避暑。

「我得小睡一下，」她說，熱奪走她做任何事情的欲望，熱讓你倆都慢下來，慢到可以聽到彼此的聲音，聽到你們的祈禱。

從她上一次來這裡，你的房間做了些微改變。你清掉了書桌上大部分的書塔，只剩左側一座小山疊著你最近讀過、以及希望很快能讀的書。地上還有一疊唱片。最近你在嘗試寫歌，仔細聆聽黑膠的精華片段，希望能交疊結合成新的節奏。

她爬上你的床，爬到被子上——然後突然坐起，摘掉在耳垂晃盪的大金環。你躺到她身邊，就定熟悉的位置。雖然和前一次間隔有點久，一切並未改變。你們如此契合，彷彿這是日常。唯一的差別是陽光透過了你的遮光簾。這是白日夢，不是夜晚的幻想。

她把你的臂膀拉過來，勾住她的胸口；你把臀移得更近，讓你的胸貼著她的背。她呼吸加速。

「妳還好嗎？」

「只是剛有個古怪的念頭，」她說，聲音被蒙住：「我突然想到，如果你想，其實可以趁我睡覺殺了我。」你忍不住笑了。

「不好笑。」她的聲音逐漸消逝。

「別擔心，妳在這裡很安全。」

夏天了，所以妳可以坐在她的陽臺上，喝葡萄酒，慢慢啜。你們已經在倫敦繞了一整天，從你家到南岸的國家劇院，沿著泰晤士河漫步，任它輕輕拍打邊沿。現在你們回到她家，聊啊聊到深夜。你們聊了藝術、表達、壓抑，而你在這時提起《月光下的藍色男孩》[53]。你第一次是在東倫敦的免費放映看的，對心情

53 《月光下的藍色男孩》（*Moonlight*）是貝瑞．傑金斯（Barry Jenkins, 1979-）執導的美國劇情片，曾獲二〇一七年奧斯卡金像獎最佳影片。

竟能透過顏色傳達印象深刻，訝異自由城[54]營造的鮮豔色彩，竟能為一個你越來越感同身受的故事提供背景。藍色，粉紅，紫色。離開電影院時，你無法言語。搭火車回家時，你無法言語。你走路回家，直接進房間，寂靜的淚如輕柔的雨水掉落。你在每個時期的夏隆[55]身上看到自己。你在貫穿整部電影、他表達的各種壓抑與抹去中，看到了自己。你看到你為了融入把自己壓小。你在阿璜對夏隆說：頭給我……讓頭枕著我的手……我明白，我跟你保證。你感覺到了嗎？你在世界中央啊小兄弟的時候，看到了自己。

跟著海水浮浮沉沉，夏隆漂流著，接著扭動身子，掙脫代理監護人的扶持。當那一刻來臨，阿璜放他走；夏隆頭浮出水面、閉著雙眼，用力張開嘴，游泳，用一次又一次笨拙的動作划水。阿璜熱切的笑聲迴盪你的耳畔。他做到了。夏隆在游泳。你覺得貝斯砰地彈了一下，宛如心跳，這時傑戴納的〈一流男子〉[56]降速、跳拍了，樂句慢下來，越來越慢，在你的胸口，人聲拖長了，頻率降低了。在你的胸口。最後一幕，夏隆像新鮮的水果迸開，淚水從果肉流下來。

你是誰？

我就是我啊兄弟。我不會試著去當別人。

看完電影，你在你的房間裡無聲啜泣，輕柔喘息，不是因為那讓你痛苦，而是因為，那給了你希望。

夏天了。她搖動著杯裡的酒，問：「你可以念給我聽嗎？你有好一陣子沒念給我聽了。」

你讀給她聽的最後一段在講前一年，二〇一七年夏天的事。那時你看到發生了什麼事，憤怒終於找到出口，像潛行的波浪終於找到形狀，沖向海岸。你開始

---

54 Liberty City，美國邁阿密市的一個街區。

55 Chiron，《月光下的藍色男孩》的主人翁。後文阿璜（Juan）亦同。

56 美國饒舌歌手傑戴納（Jidenna Theodore Mobisson, 1986-）的〈一流男子〉（*Classic Man*）是《月光下的藍色男孩》的配樂。

書寫，因為相片有它們自己的語言，而有時你拍出的影像，與你感覺到的一切相比，是如此薄弱。有時，就連這種語言也失去作用。所以你把你的想法寫下來，希望建構一篇敘事，記下那些在你心裡汩汩沸騰的衝突。你希望那如同隨機暴力一般直接。可惜不是。沒有那麼簡單。

讓我們把目光轉向那男孩一會兒：你看到他坐在牆上、上了手銬、被警員團團圍住。看到他漂亮的長長髮綹像敞開的窗簾框住他的臉，看到他有多想被看見、被聽見。是什麼讓他想被看見、被聽見？是什麼帶他來到這裡？是什麼促使他向別人宣洩怒氣？那股怒氣是從過去到現在，那些不言而喻之事的結果——那些大大小小沒有解決的悲痛，他人想當然耳地假設：他，擁有動人黑色身體的漂亮黑人，生來凶暴而危險；這個掩藏不了的假設彰顯於每一句話、每一個眼神、每一個舉動。而每一句話、每一個眼神、每一個舉動都被吸收、被內化，而這種死亡——被要求活得如此拘束就是一種死亡——不公平也不正義，所以你不會怪他發怒，但為什麼他的怒氣必須對另一個與他相像的人發洩呢？

讓我們問：哪個先？先有暴力還是先有痛苦？這超乎你能理解，所以你把問題寫下來，插入文本多處，希望別人不會問，為什麼那個有漂亮髮綹的男孩要用黑色的手揮動鋒刃，刺入黑色的皮膚；希望他們不會問，為什麼會發生那件事，而是問事情的根源。

你把這些念給她聽，在你們相遇的幾星期後。那不是你念的第一篇，但那比較誠實，比較像你。那是創傷，沒錯，但那是你，而你願意讓她知悉。你把作品拿給她，那樣便已足夠。你不需要向她解釋你也會覺得快樂、也會生氣、也會害怕，半夜走路回家有時也會擔心，因為你不知道迎向你的會是哪一種命運，是與你相像的人，看不見你的人，還是無法以你該被看待的方式看待你的人。你不知道你能否平安到家，活著害怕明天。

夏天了。你在她面前擁有自由，意思是你無需躲藏。若你聲音顫抖，那是因為你訴說的現實太沉重，令你難以承受。當一起擠在她的沙發上，你從你還在寫的作品讀了這個段落：

警察互相警告，就像在這段影片裡，一看到年輕黑人男子手上有東西，一人就對另一人尖叫：「槍！槍！槍！」然後兩個都射了，共二十發，其中四發射中了一個不再屬於他，或許從不屬於他的身體。歸根結柢，不是突如其來的權利喪失允許這兩人摧毀另一個嫌疑者的身體，不，不是突如其來的；早在這一刻之前，早在這位年輕黑人男子符合特徵描述之前，對年輕黑人男子的觀感就已確立。這兩名員警和一架直升機早就認定他是打破汽車玻璃的那個人，就算沒有證據，就算只是聽說這附近「有人」在搗毀車玻璃，不，不是突如其來的，這一刻已經鍛造了好多年，遠比這幾人活的歲月來得久，這一刻比我們所有人都要老，比這段為時一分四十七秒、為我呈現一起殺人案的影片來得長——

她修長的手指抓住你的腳，在你聲音顫抖、開始漂走的時刻繫住你，做你的錨。不過幾分鐘前，你還坐在她的陽臺，空氣涼爽，她對著夜晚抽菸，每吸一次，眼睛就微微顫動一下。她提議你念給她聽，好一陣子沒念了。你假裝慎重其事，瀏覽手機上的資料，雖然知道你的手會止住頁面。你開始用那種你覺得很像老朋友說故事給你聽的乾淨嗓音念。你開始念，而你馬上被帶回那部影片出現在大西洋彼岸、被網際網路堅固的船隻轉運過來的那一刻。他的身體是怎麼癱軟，他是怎麼跌跪在地，好像在爬。你聲音顫抖，那是因為你訴說的現實太沉重，令你難以承受。你也很生氣，因為警察互相警告，就像在影片裡，一看到年輕黑人男子手上有東西，一人就對另一人尖叫：「槍！槍！槍！」兩人都射了，共二十發。你很生氣是因為史蒂芬和艾爾頓和麥可和你，你們都被警告過，但你們根本不知道哪裡有危險、何時有危險、危險會如何到來。你們只知道你們身處險境。

你在這裡不會有危險，淚還是落了下來。

「醉了。」你撒謊。

「沒關係的，你在這裡很安全。」

15

「你今天為什麼要約我出來？」

「問朋友這種問題很奇怪欸。」你回答。

金色時刻[57]充塞你的感官，彩色的眼淚恣意流遍天際。你的手在流血，而你正在吸吮拇指的溢出；你試著拿鑰匙撬開一瓶蘋果酒，而那鋸齒的邊緣淺淺割破肌膚。你們都被熱和酒精影響，但這次見面並未因此變得不坦誠。

「你知道，我們通常是不期而遇，莫名就有了連結。約出來感覺有點……正式？」

你聳聳肩。「我只是想為妳騰出一些時間。」

「非常感激。」她啜一口酒，結果一飲而盡。「我們該走了吧？」

那天剛見面時，她在生你的氣，而你不知道為什麼。你隱約有感覺，於是以電影裡拆炸彈的方式向她致歉：閉上一隻眼，喀擦一聲剪斷金屬線，希望能有好結果。

她要你幫她拍照，你要她倚在圍住她家陽臺的砌磚，等待你倆放鬆。當她向你遞來她的脆弱，你的手顫抖了，遲遲無法讓鏡頭對準她的五官。當印樣出來，一格格相片有如扭打；兩個人和他們對彼此的感覺搏鬥。臉是不會騙人的。瞧那眼睛瞪得多大、嘴邊皮膚繃得多緊，或是你最喜歡的：那卷底片的最後一張照片，你將鏡頭對準她的瞬間，她的眼睛正看著你。不是鏡頭，而是你。所有偽裝就如風中薄紗一般輕飄飄地溜走。

57 金色時刻（golden hour）又稱魔幻時刻，是攝影藝術用語，指黎明破曉時及黃昏日落時的天空金光閃耀，色彩如魔術變化。

太陽西下時，你對此時萬里無雲的寂寥天空細訴祕密與親暱。她問你是誰——

「這什麼問題啦。」你說。

「不是我不認識你，只是有些零碎資料需要填寫。」

你納悶「認識」是什麼意思。可不可能完全認識、認識得透徹？你覺得不可能。但或許認識是來自不認識，是源自於一種你們努力闡明或理性化的出於本能的信任。就是這樣。

從南到北，主幹線、地下鐵，上來地面只是為了再下去。你們走進一家酒館，他們指示你們下樓梯，往地堡一般的地下室去。

「妳要喝什麼？」你說。

「我們喝……萊姆酒加可樂？」

「單份還雙份呢？」吧檯後面的女人問。

「雙份。」她說。

酒保看著你們，兩個咯咯傻笑、一派自在的傻瓜，從你們的愉悅中獲得安慰。她倒的分量很健康，超過極限溢出來，然後對你們點點頭，笑了笑，露出些微心領神會的表情。你環顧地下室，想起來，被人看見是挺高興的事。

「我要趁他們還沒開始前去洗手間，」她說，走到轉角拐了彎。

她離開時，擴音器傳來劈啪回音。你的朋友提歐上臺了，樂團迅速集合。他自我介紹，而這個人和你認識的年輕人不一樣。這個人比較篤定，這個人相信自己誠實正直。那些歌充斥著懷舊，也就是說那些都是在哀悼：通常以溫柔多情的傷感回想過去某件事，想要回去，就算明白重回記憶就是變造、扭曲記憶。你每一次想起什麼，記憶就會衰退，因為你想起的是最後汲取的往事，不是記憶本身。沒什麼能一直完好如初。但這並未阻止你想望，或渴望。

她在第三首歌唱到一半時回來，已拋棄原本穿的印花和式外套，塞在袋子裡。現在是一條黑棉布覆蓋她的胸，腹部和光潔的肩膀露了出來。她拿起她的酒，背倚在你身上，一片褐色皮膚貼著你的胸，邂逅你比平常多開一顆鈕釦而溜出來的皮肉。你伸出一臂環抱她，手指棲息在她鎖骨。她更放鬆地靠著你，而你們跟著節奏，臀部蠢蠢欲動，追憶剛剛流逝的片刻。你在這裡，也不在這裡。你在陽臺、你在山丘、你在陽光裡，你在黑暗中、你在戶外、你在地下室。你永遠快樂，你悲傷不絕。當她的頭這樣那樣擺動，黑色的短鬈髮搔著你的下巴。你不知道這一刻可以持續多久，可以含括多少：你、她、這間有單身、有情侶、也有群體的擁擠地下室；吧檯那位看見你們、你們也看到她的黑人女子；舞臺上懷舊、憂鬱又愉快的提歐和他的樂團；混凝土地板、臨時牆板、掌聲、太溫暖的夜、介紹、裂開的菸、瞇起來的眼、尼古丁、再一杯酒、再一杯酒、再一杯酒——

而你們坐在酒館的沙發上，皮革黏著皮膚，啜吸著你們最後一杯酒，她坐在你旁邊，蹺著腿。你的手擱在她隆起的脊椎上。

「我背上不是純友誼的手。」她說。

「噢，是我不好。」你說。

「沒關係，我喜歡。」

或許是因為你必須回到倫敦東南區，或許是因為你倆都失去興致，或許也是因為，雖然也有和他人互動，這大抵仍是你們兩人共有的體驗，而新的地點或許能改變這些條件，或許能讓你倆都在壓抑的事情到此為止。

「老實說，」你們一小群人正從史托克紐因頓走到達爾斯頓[58]，而就在你朋友潛入另一個地下室之前，你開口：「我想我們今天晚上差不多了。祝你們玩得開心。」

其實用不著告訴他們。你們脫隊，考慮叫計程車。

「去找點吃的吧？」她對你說。

你們選的炸雞店算舒適，但了無生氣，燈光刺眼。他們把一組大片滑動玻璃門打開，夜晚大搖大擺地進來，毫無阻礙。

「你想吃什麼？」她問。

「雞翅加薯條，謝謝。」她笑了笑，點了一樣的東西，遞給你一張五英鎊的塑膠鈔。你抱緊她，說了謝謝，她則讓她塗成紫色的嘴唇掠過你的臉頰。

「你想在回家路上吃，」她說，在她的薯條上噴了番茄醬。「還是要內

58 史托克紐因頓（Stoke Newington）和達爾斯頓（Dalston）皆為倫敦地區名。

用？」她邊說邊搧，把那念頭趕走。

「外面比較涼快。我們找個長椅或什麼的，吃完我再叫 Uber。」

最後你們就坐的地方是某戶人家涼快的混凝土階梯。你指著對面一棟大樓跟她說，多年前，一名個子嬌小、講話輕聲細語的男人是怎麼在一個都是陌生人的地下室喜形於色，表演你從小聽到大，但被遺忘甚久的片段和歌曲。你告訴她這件事，但不一會兒，音量卻越來越弱，猛然攻向雞肉，用力把骨頭丟進排水溝。這裡，在你的不言不語中，有什麼相當沉重。

你感到她在旁邊轉過身。你不知道這一刻可以延續多久、或可能含括多少：你、她、黑暗中汽車輕柔的呼嘯、凝視、對望、她幾乎聽得見的心跳，然後她說：「我愛你，你知道吧？」

她已游進開放水域，不久你也加入。

你不一會兒便說：「我也愛妳。」

16

她讓你睡沙發，你很高興，因為在回家的計程車上，當她將身子探出窗外，你明白你們剛才游的是酒精，不是水。

好在事情是這樣發展。

星期天晚上。下午她問你想不想去 Peckhamplex 電影院，一張票五英鎊，且觀眾可以參與，卻在最後一刻爽約，去見她家人。所以你們改成晚上在她沙發看電視實境節目，而她一邊熱得氣喘吁吁。

「我好飽、好熱喔。」她說。

然而這裡還有一個問題：儘管主張欲望會在夏日盛開，陽光會灑在臉龐、使肌膚黝黑而充滿生氣、溫柔的笑靨只為陽光綻放，但你時常發現，不論你是沒吃飽或吃太飽、是脫水或喝太多、不小心打起瞌睡，或在濃重的夜裡睡不著，你都會化為一灘爛泥。這些皆無助於你和他人相處，但你一意孤行，下定決心要好好享受這幾個月，要離開屋子，不管日子會帶給你什麼。那似乎有無限可能，美麗和喜悅也可能無窮無盡。

你們一起逍遙度過夜晚，其實什麼也沒做，而什麼也沒做本身就具有某種意義，就是一種親暱。不把與某人相處的時光填滿，就是信任，而信任就是愛。所以你該說，你們整個晚上是在相愛中度過，在她的沙發上吃吃喝喝、聽著音樂度過。她放了肯卓克，而你們聊那聊了一會兒。但就連這個也會消逝，在全無分心中獲得滿足，在彼此的存在裡獲得滿足。

好在事情是這樣發展：你無意左右事情的發展。時間叫你離開，但今天是星期天，巴士末班車已過，你六小時後要上班工作，你早該離開。但你還賴在這裡，在她房間朦朧的幽暗中，夜不算特別黑，有光從窗簾底下透進來。她歡迎你進她房裡，要你把門關上，要你轉身，好讓她換T恤。信任就是愛，而她信任你。問你要怎麼回家。Uber吧，你猜。你查了還要多久。十分鐘。你無意讓這件事發生，但當她問你要不要躺在她旁邊等，你沒有拒絕。當她把你拉近，你沒有徐緩離開。你的呼吸在這裡變粗重。她游進開放水域，你隨後加入。你們在這裡，裹在一起，她的背緊貼你的胸。好熟悉，就算你把手伸進T恤，把一個乳頭溫柔地夾進食指與拇指間，其餘手指張開來貼著她溫熱的肌膚。你的呼吸在這裡變粗重了。你的Uber來了，你的Uber走了。你聽到你的手機震動，司機試著找你，但你沒有接。你的脣掠過她的頸，一臂被壓在你和她之間，但另一臂，另一臂遊蕩著，往下、往下、往下遊蕩，一根手指掠過她的腹部，掠過她腰臀纖細的曲線，掠過隔開你與她的黑色織物，然後你變得更篤定，也更堅定了一點。你不知道你有這種感覺是因為天氣熱，還是熱突然在你倆之間崩裂。什麼叫崩裂？什麼叫斷裂？什麼叫連結？愛就是信任，而她放心讓你的手突破那道薄牆，滑進織物底下。你們的脣相遇了，迫不及待。你們的脣相遇了，你知道你必須吻她。你把她轉過來，此時你的嘴找到她的腹部，慢慢往上，來到之前你的手所在，來到開啟這一切的地方，可是不對，是她開啟的，從她暗示你叫 Uber 到她家，就開啟這一切了。可是不對，你不知道；你不知道她的根在哪裡，但你無疑可以追溯你的根到那家酒館，你在那裡遇到這個垂著髮辮的女人，眼神親切的陌生人，而你在意會到之前就曉得了。可以嗎？你問，用你的一對拇指勾著隔開你和她的黑色織物。她點點頭，你讓它滑下、滑下、滑下。滑落。現在沒有牆要打破了，但還有更多需要探索，而你知道，你知道你在做什麼，但只因為那是她，只因為你感覺得出你一觸碰，她的身體就繃緊，只因為你無意促使這件事發生，所以你們不去思考，只憑感覺，所以你們沒有說話，但你們的身體大聲供出事實。你的舌尖滑過她的中線，從胸口的硬骨滑過她的腹部，滑下、滑下、滑下。她阻止你。你確定？她問。你在幽暗中點點頭，繼續了，你的舌遇到柔軟的肉，緩慢而堅定，她的身體在你面前扭動，愉快地扭動。她要你回去她那裡，所以你躺在她身邊。你們的脣相遇，迫不及待。躺好，她說。然後她親吻你，從你的嘴吻過你的頸，吻過你堅硬的鎖骨、胸口柔軟的肌膚，滑下、滑下、沿中線滑下。不久，你咯咯笑了起來，和你最好的朋友在黑暗中摸索。她又躺回你身邊，大笑聲中閃過一絲惶恐，隨即被你們在爆炸中推開，在親吻黑暗、催促對方、雙臂迫不及待的相遇中推開。熱已然崩裂，而你知道，你感覺到的就是結果。你和她一起游泳，在黑暗中和你最好的朋友手牽手，篤定地划啊划、划啊划。你無意促使這件事發生，但好在，它這樣發生了。

17

她這星期在都柏林找住處。她很晚才離開那裡，夏天沒剩幾個禮拜了。你們沒有聊到這陣子發生的事，沒什麼聊。既然你們的身體沒有說話，又有什麼好說的呢？不過，縱使分隔兩地，你的節奏似乎輕鬆起來。

她回來時，你在機場等她，坐在無人的服務臺上。腳晃啊晃，像高興的小孩。她大步踏著夜色而來，向你揮揮手。你也向她揮揮手，而這個小動作讓心臟膨脹。

你曾說信任不是把時間填滿，但你想要說，信任就是讓時間充滿彼此。心也是。在身體無邊的黑暗中，充滿血液、緊抓不放，如緊握的空拳毫不鬆動。你們填滿了時間，在它流逝時緊抓不放；在你們必須分開的時刻緊抓不捨。在每週一次的購物、令人麻痺的電視、烹飪、打掃、閱讀之間緊抓不捨。你們分開來歇息，但在一起時，你們常不由自主在下雨時靠近陽臺，熱在雷電交加時崩裂，像敲著小鼓踏著鈸。

你們就像一對爵士樂手，永遠在即興創作。或者，也許你們不是樂手，但你們的愛在音樂中展露。有時，你的頭鑽靠她的脖子，你可以感受到她的心臟像低音鼓一樣砰砰重擊。你的笑像平臺鋼琴，她眼中的光華像雙手輕撫白鍵。她與生俱來慢吞吞的優雅，像低音提琴漫不經心卻節奏十足的彈撥，讓她的身體以令人咋舌的方式律動。你們像一對獨奏者，如此和諧地進行對話，捨不得分開。你們不是樂手，你們就是音樂。

18

被注視是一回事，被看見是另一回事。

「可以嗎？」你問，舉起你的相機。你花了很多時間透過取景器凝視你認為完美無瑕的姿勢：客觀的觀察者在不遠處就定位，騎在這裡與那裡之間的籬笆上。主題意識到了，但注意力仍在彼此身上。或許觀察者會要求主題轉向這邊或那邊，要求他們展現別的東西——不是更多，不是更少，而是不一樣。主題默許了——抗拒得很自然。雙方有某種互動，這便構成了畫面。你想拍的照片是：她照你的吩咐，直直望進鏡頭。舒服自在地托住脖子。一只銀色耳環在耳垂輕盪。

她好美——這是主觀認定，偏誤無可避免。在你按下快門之前，她眼中就綻放了你一直在找的光華。這是從你倆都難以形容的某種東西切下來的時刻。某種像是自由的東西。

和一個朋友聊天：

「我昏頭了，所以原諒我——影響我最大的是這位英國籍迦納裔畫家麗妮特・伊亞當－布阿克[59]，她的作品和毒品一樣。她畫黑人人物，但全都是虛構的——細看那些人物的細節，這點難以置信。她藉由這種方式將她的內在外顯——這不是黑人常能做到的事。同時，她的技藝太精湛——她畫的形體蘊含強大的力量，而且展露無遺。至於動作這玩意兒，我猜我一直想做出能反映黑人音樂的東西，對我來說，黑人音樂就是最能表現黑人特性的事物——掌握和詮釋節奏的本

---

59 Lynette Yiadom-Boakye（1977-）。

領。所以也許動作這個詞不妥，節奏才對。所以就像這張她托著臉的相片，其中固然有諸多靜止，但在被捕捉的那一刻，也有平靜的節奏。」

幾個月前，你參加了一場討論會，主題是蘇拉．歐魯洛德[60]在布里克斯頓一間藝廊舉辦的作品展。她的畫作洋溢著喜悅。藍色的畫布，身體自由自在地擺動，讚頌生命。就算畫布寂靜無聲，節奏卻大聲而真實，透過她的主題，在作品中凸顯黑人來傳達。除了作品喚起的情感，她的技法也獨樹一格。那筆觸！你從麗妮特之後再也沒有這麼注意技法——

但你不喜歡混為一談，所以你保持沉默。光是身在這個房間，這個空間便已足夠。在這裡，平常被注視、被物化的人被看見、被聽見了；可以活著、大笑、呼吸了。

討論會結束，你特地去對藝術品和藝術家說話，赫然發現畫布上的人物都難以泰然自若，而你的目光繞著她花了好多時間仔細處理的衣物打轉。你謝謝她創作了這些，看著那名女子臉上浮現會心微笑。她仍不知自己是否該來這裡，她還沒有說服自己。

儘管如此，在你們分開後，你不禁懷疑自己是否搞錯，自由是否沒有你想像的那麼充分——不對，該說自由是否不是絕對——不對，再試一次——自由是人可以一直感受得到的嗎？抑或是你注定只能偶爾在短暫的時刻感受到？

被注視是一回事，被看見是另一回事。幫她拍照，在倫敦東南區橫衝直撞時，你是在要求看見她。在那裡，當一道純粹的琥珀色光束射穿玻璃，掠過臉頰、嘴唇、眼眸，當眼眸本身也像透過無邊玻璃衍射的光，你看見淡褐色、綠色、黃色，你看見你感激的信任。你手指接觸扳機，你相機的機械啪的一聲關上。她的臉便在底片上，等待沖洗。

---

60 Sola Olulode（1996-），英國及奈及利亞裔藝術家，以倫敦為基地。

你們跟著彼此逛超市，尋找你們知道解不了飢餓的點心。下手扶梯，不再交談，以避免即將到來的分離，她往北倫敦去參加別墅派對，你往南去見朋友。在大廳，你讓她的臉頰貼著你的，伸出雙臂環抱你已了解的輕盈身軀，你們的嘴裡溜出不情願的微弱呻吟，這不足以傳達你們此刻的感覺。話語也不足夠。

在你們地鐵旅程的南北兩端，你和她講著電話。當你愚蠢地決定穿過南倫敦最遠角落的森林，樹像長瘤的臂膀向四面八方的天空伸展，她還在電話上。當你出了林子、進入空地，她說她在列車上寫了一些和你有關的東西。你胸口一緊，像森林的手掐著你的軀幹。你又多說了一些話，陪她走到她的派對——說來奇怪，你們的聲音是那麼常成為彼此生命的配樂，但那感覺很對，你們不會另外挑選——而在找到人放她進去後，她的聲音飄然遠去。但是當她掛斷電話，她的手彷彿仍牽著你的手，修長指頭交扣，拇指輕撫著你手腕下面的肉。你每隔一會兒就會看一下手機，卻只得到空白螢幕。你，一如往常，一直在想她。你懷疑她是不是故意不傳訊息，懷疑她是不是食言，留下一切讓你獨自面對。你一邊懷疑一邊徘徊，從那片空地看著與她陽臺類似、一望無際的景致，眺望這座城市。然後，就和你倆繾綣沙發、注視紅光閃過倫敦天際線的時候一樣，她輕輕按了你的手一下。你又看了一下手機，看到螢幕上有她的名字。

在那塊乾枯的草地上，你默然佇立、頭暈目眩。再讀一次她的話，再讀一次，聽到她的聲音在每一次轉折中流露甜美。當你到達目的地，你把自己鎖進洗手間，再重溫一次，讓那些句子輕撫你的頭皮。想像：她閉上眼，撬開你的胸口，一次一根肋骨——她知道怎麼做，她不必用眼睛看——讓她的話語滑到你跳動的心臟旁邊，讓那一小束肌肉在她的手裡隆起。這是種疾病的症狀，而那種疾病，只能稱之為喜悅。

「你們兩個一體了嗎？」

你的行程是去你朋友艾比和男友狄倫為了幫他慶生而租的公寓。他們兩個都住家裡，所以想要多一點空間。你來早了，現在只有你們三人，其他人還在路上。緩慢、放克、帶著重低音的音樂從擴音器蔓延到客廳。夜幕已然低垂。時間變慢了，你的節奏也是。

「我想是吧，」你說。

「你想是吧？」艾比喝了一口酒。「是在怕什麼啦。」

但你就怕。你還沒有對任何人承認，或許這也是你第一次對自己承認。你怕這一刻，感覺就像在暴風雨中獨自流浪到海邊拍攝閃電，千變萬化、美不勝收，不可預測的線條不斷從天空雜亂無章地落下。你不知道你會捕捉到什麼，你知道那有風險，但這事你非做不可。此時此刻，你明白，這是你不可忽視的感覺。

被注視是一回事，被看見是另一回事；你怕她也許不僅看見你的美，也看見你的醜惡。

「她人呢？」

「去別的派對了。」

「遠嗎？叫她過來。」

萬一她說不要呢？

「她不會說不要的。」

「我有說得那麼大聲嗎？」

「不必說我也知道。打給她啦。」

響了兩聲她就接了電話，派對溢到線上來。

「妳在哪裡？」

「還在派對裡，」她說：「不過快要走了。」

「我覺得妳可以叫 Uber 過來這裡。」

「你覺得我可以叫 Uber 去你那裡？」

「對。」

頓了一拍，彷彿一切倏然停止。就連背後的派對也悄然無聲。

「地址傳給我。」

你又拿起相機。她修長的身軀蜷在窗臺，吐著煙圈。你拍了照，而她把你的相機拿走，擱在一旁，牽起你的手。她的手在你手裡好溫暖，拇指再次運作。她眨眨眼，慢慢眨，然後她的脣延展成一個微笑。她把你拉近，微微擺動，你明白她要帶你跳一支舞。低音更重、更快了，但還是夠慢，讓這不致令人感覺倉促。還是夠慢，讓你可以在你們摟得更緊、以輕鬆、有韻律的節奏擺動時，繼續凝視她的眼。

你怕。但當你聽到音樂、當音樂抓住你、闔上你的眼、挪動你的腳、臀、肩、擺動你的頭、深入內心、邀請你跟著一起，帶領你——哪怕只有一會兒——去做其他沒有名稱，也不需要名稱的事情，你可曾質疑過它？或者，你會不會跳舞？就算你沒聽過那首歌？

19

說到音樂和節奏，嘉年華星期天[61]到了，而在這天，搖動你全身骨頭的配樂會是外面嘩啦啦的雨。她原本另有安排，但反悔亦無妨。

「每年這天我只想要出門跳舞、玩得開心——結果天氣卻這樣。」她指著從灰濁天空降下的雨絲。雷聲劈啪響，宛如遠方巨人的飽嗝，她嘆了口氣，短促的哀鳴加入自然的樂音。

前一夜，你坐在她的沙發上，聽她發表聲明。

61 指八月最後一個週末舉行的諾丁丘嘉年華會（Notting Hill Carnival），從星期日延續到星期一。

「我不覺得這是好主意，」你說。

「為什麼？」

「就……太突然了。」

「可是我想要。來啦，過來幫我。」

浴室裡，你們大小笑聲不斷，她弄溼她的髮，用水把捲曲壓平。你戴著手套，幫忙將染劑在她柔軟的頭皮抹勻，一次、兩次，直到抹出想要的顏色。她要從黑髮變金髮，像在暗房裡顯影那樣塗抹化學物質。用底片拍攝的美總是意想不到，你不知道沖洗過程會出現什麼。你在這裡如法炮製，她黑色髮根上的漂白劑營造出陽光在金色時刻散發的光澤。那晚，當你們在床上就定位，你的手穿過她金黃色的鬈髮，她低聲呢喃著，直到睡去。

「感覺真好，」她說：「感覺真好。我好喜歡這整個夏天。」

「還沒結束呢，」你說，但她已經睡著了。

嘉年華星期天。零碎的片段像幻燈片：走過黑麥巷[62]的水窪，決定找個她覺得安全的空間。窺看那間理髮店，佯裝「路過」。你伸出雙臂摟抱她。你對她說這裡可以，不是因為她緊張，而是因為你這樣相信。進入，等待獲得自由的座位，喝點蘭姆酒緩和緊張。「那是你男朋友嗎？」答案太複雜了：就算你有話可以解釋，感覺仍然不足。「我不會弄痛她的。」注意到你盯著他拿剃刀滑過她的頭皮，理髮師這麼說。你聽到他們的對話，知道她已找到另一個覺得自在的地方。他幫她修邊，她的前額冒出兩滴血。你們都答應會回來。感覺不空虛。

嘉年華星期天。你們用叉子刮盤子。是前一天剩下的：米飯、豌豆、牙買加煙燻雞，與骨頭分離的肉。

「我等下得走了，」你說。「妳還要出去嗎？」

62 Rye Lane，位於倫敦東南佩卡姆區（Peckham），具有非洲、加勒比風情。

「應該吧，」她說，忍住呵欠。「來睡個午覺吧。」她說完便離開客廳。

在她的臥房裡，你爬上床，拉羽絨被來蓋，突然一陣倦意襲來。

「等等——」她說。

「怎麼了？」

她咯咯笑起來。「你真的以為我們要睡午覺啊？」

嘉年華星期天。那晚，你在離開她家幾個鐘頭後又回來。沒解開鞋帶就踢掉鞋子。她仍在你離開她時所在的地方，床上，那抹笑仍印在脣間，那句話仍愉快地迴盪，如銀鈴的笑聲——「你真的以為我們要睡午覺啊？」

晚上了，雨已經停了。你描述了你離開後去的那場派對，並對你沒趕上的街頭派對感到好奇。

「永遠都有明年。」

她點點頭，安頓在羽絨被的褶層裡。你伸出雙臂環抱她，任它們逗留，從她的溫暖得到慰藉。她的曲線、她的起伏都變得很熟悉。她的形體，就算換了剪短的金髮，仍清晰可辨。她聞起來仍是她的味道，但這句話其實避重就輕了，如果逼問你，你會說，她聞起來有家鄉的味道。

20

嘉年華星期一，倫敦的天空蒙著吝嗇的灰。又熱又悶又黏。夏天已經熄火，逐漸凋零。你在維多利亞火車站碰到一個朋友。你們好多年沒見了，早在他發現他的自由被奪走之前就沒見了，但這裡時機不對地點不對，這是歡樂的時光，所以你們都沒提到在他十八個月受刑期間你們寫給彼此的信，都沒有笑他纖細的身材胖了一些，都沒有暗示可能有別的東西，像是疲倦，正在他深褐色的眼裡泅泳。你們互相擁抱、交換手機號碼、承諾當天稍晚要聯絡一下，雖然知道在嘉年華期間收到訊號的可能性微乎其微。你們分開，往地下去。當你再次冒出來，倫敦還是一樣灰，天唯一色。所幸，你在這兒舉步維艱、循音效和指標前進的路線上又碰到幾個朋友。去別墅派對。屋頂的氛圍，他們有個小陽臺。你想起在莎娣的《西北》裡，黎亞和米謝爾接受法蘭克的邀請，前往一間令人咋舌的嘉年華公寓。

從這裡，一切盡收眼底。不必費勁穿越那些找廁所、找炸雞，或避開地上噪音和暴力的大眾，這裡隨時都有暴力，我想那不出所料——是吧？果然不出所料？寂靜之中，有人拿給你一條香腸捲和一瓶紅帶[63]，並且告訴你這裡可以吃到飽和無限暢飲。房間開始在藍色的憤怒中旋轉。有人模仿破英文，彷彿方言是奢侈而非必要，彷彿那種語言不是出自被迫離開的黑人身體。這裡也有拉斯塔[64]的假髮。你不意外自己玩得不開心，沒有人注意到你溜至樓梯、前來街上的嘉年華

63 紅帶（Red Stripe）是牙買加Desnoes&Geddes公司釀造的啤酒。

64 拉斯塔（Rasta）指一九三〇年代在牙買加興起的拉斯塔法里運動（Rastafari movement），為黑人基督教宗教運動與社會運動。信徒相信衣索比亞皇帝海爾・塞拉西（Haile Selassie）是上帝轉世、即聖經預言的彌賽亞。其修行強調天然的生活方式，諸如只攝取天然食品、自然蓄髮等。亦因《聖經》敘述耶穌會以猶大獅子形象回歸，髒辮便在此時興起，象徵著獅子的鬃毛。

會，剛好來得及目擊一起現行犯罪。女人，正把那塊黃澄澄的酥皮餡餅塞進張大的嘴裡；男人，不顧一切向她衝來，手肘撞到她，看到她的麵糰掉到地上，碰的一聲，露出一點點驚訝，但沒有回頭。她一時搞不清楚狀況，也沒有追趕。她抬起頭來見到你，目擊者，而你們都面露苦笑。就這樣，你和一個陌生人站在一起，向她轉達有屋頂氛圍的那場別墅派對上所發生的事件。你的聲音搖曳不穩，你的話語支支吾吾，引人發噱。她用溫柔的掌心扶著你的手肘，問你還好嗎。你告訴她你真的沒事，因為這是你能感覺活著的地方。那就跟我來，她說，迂迴穿過群集的愉悅、前往你覺得貝斯重擊如心跳的音響系統。這樣的緩慢之中，有種暢快的自由；頻率降低了，重要的就不再是腦袋，而是胸膛。她像橡皮帶一般恣意搖著臀，牽起你的手擱在她的腰際，鼓勵你慢下來。嘉年華星期一，倫敦的天空蒙著吝嗇的灰，你以一個慷慨時刻的昏亂熱情為樂。抓了酒喝，汗浸溼腋下、逗留額頭上，但無妨。慢下來，跟著慵懶節奏，以重擊的貝斯是從。有人推了你的手肘，一個年輕人要把他拇指和食指之間朦朧的小火給你。每輕輕吸一口，眼睛就布滿紅絲，直到瞳孔變大，變成黑人的。慢下來。找樂子。你的手環抱她的腰，手心捧著小火，眼睛在燃燒。放輕鬆，她說，於是你的臀部像語言一般崩裂。不需要模仿。嘉年華星期一，倫敦的天空蒙著吝嗇的灰，又悶又黏的熱，在赤裸的背上動彈不得，你和一個陌生人跳舞，度過這一天。

21

如同你們一起開啟冬天，你們正一起結束夏天，迂迴穿過小巷，從新十字[65]來到德普特福。你們遇到她一個朋友，而你看著她們的對話像在一起跳舞，節奏如此輕鬆，人那麼美。繼續走，舒服地微醺。清醒地向夏末的夜晚伸出一隻手，而你們把它攆走。不是現在，還不到時候。

當你們離她的公寓只差一次轉彎，你們十指交纏。你們好久以前播下的種子已經生長，根在黑暗中攫住土，把彼此拉得更近。你們的脣在一棵樹的樹冠下相遇，而那棵樹已散發著秋天的氣息。

你正在結束夏天，與她合吸一根菸。她看著你笨拙地使用打火機。你不抽菸，這她知道，但酒精讓人更容易屈服。何況，與你愛的她一同分享，有一種親暱。一如她做過許多次的慣例，她把菸從你手上拿走，好心、沉著地點燃。

「你知道，」她頓了一下，深吸一口。「好，我們正在交往，我喝醉了，而我們正在交往。」又吸一口。「我有對我朋友講你，講我們的事。而我有些事情是你必須認識、必須了解的。」她盯著地上一會兒。「我以前不大這麼做。我的意思是，我跟人交往過，這你知道，但這次感覺不一樣。」

好多話語在你腦海喋喋不休。你想告訴她，順其自然，像你們之前一樣。你想告訴她，你等不及要多了解她，了解全部的她。但你可以等，願意等，時間對現在的你和她來說毫無意義，沒什麼意義。你想告訴她你有多愛她，但你們已經遇上一種不可能，所以你沒說話，反倒輕撫她的下巴，把她拉過來親吻，盼她了解。

---

65 New Cross，倫敦南部地區名。

你們正在結束夏天，手擱在對方的大腿。在回家的火車上對坐，你們相互凝視，如果你提議永遠不要停，可能會獲得原諒的那種凝視。在諸如此類的時刻，時間的作用，一如以往地消失了；過去、現在、未來，融合在她溫暖的觸摸之中。你們都不希望放開這樣的凝視，但你們都知道必須放開，暫時放開，知道一定會再回來。

後來，一起躺在床上，既然你們已經停止，永恆的感覺又更沉重。這一刻似乎將永遠持續。齊克果[66]所說片刻與瞬間之間的差異是什麼呢？時間的完整又是什麼呢？不重要。當你們在黑暗中摸索，以不會遺忘的方式、感覺對極了的方式充分了解彼此，那些都不重要。

你們正在結束夏天，納悶對方明明還沒離去，怎麼就在思念了。有好多生命繞著你們打轉，但你們不怎麼在意。倚著布告欄，你的雙臂環抱她，任你的下巴擦過她柔軟的金色短髮。你倆緊張地等待她的火車月臺通報，準點——

「是妳的車，」你說。

「是我的車，」她說。

她要從倫敦搭到霍利希德[67]轉渡輪到都柏林。月臺上，一腳車內，一腳車外，她吻了你。哨音再次響起。你必須退後離開火車，但你還沒準備好。你從未談過遠距戀愛，但你也從未經歷過像這樣的愛。你想告訴自己，告訴她，沒問題，什麼都不會改變，但你不知道。太快了，哨音又響，列車門要關了。你強忍

66 齊克果（Søren Aabye Kierkegaard, 1813-1855），丹麥神學家、哲學家及作家，公認為存在主義之創立者。

67 霍利希德（Holyhead）是英國威爾斯城市，也是愛爾蘭海沿岸主要港口。

淚，直到列車駛離，直到你在月臺摔倒。彷彿夏天是個漫漫長夜，而你剛醒來。彷彿你倆都潛入開放水域，但當你再次浮起，她卻在別的地方。彷彿你們連成一個關節，卻斷裂了，崩裂了。那是你從不知道，也不可名狀的痛。那好可怕。但你知道你陷入了什麼。你知道愛既是泅泳，也是陷溺。你知道愛是整體，是部分，是連結，是斷裂，是心臟，是骨頭。是流血，也是癒合。老實說，愛就是活在這個世界。是把某人放在你跳動的心臟旁邊，放進你內心的無邊黑暗裡，相信對方會緊緊把你抓住。愛就是信任，信任就是充滿信心。不然你還能怎麼去愛？你知道你陷入了什麼，但帶著不確定何時才能再見到她的心情搭地下鐵回到家，好可怕。

「我找到地方了——」

「嗯？」

「快，你什麼時候可以過來？」

「多快算快？」

下個星期，你人就站在她都柏林的長桌前弄早餐了。當培根片在平底鍋裡噗哧作響，她敲著筆電，計畫你們可以一起在這城市做的事。

「我們一定要趁你在這裡的時候去健力士酒廠，」她說：「觀看釀啤酒是件心曠神怡的事。」

「好啊。健力士是迦納第二大國民飲品。」

「真的假的？」她揚起一邊眉毛。

「真的啊，假如你去酒吧，你不會點一品脫的拉格，而會要一杯健力士。」

「你說這個不是為了讓我開心吧？」

「保證不是。」

「那就太好了。」她讓視線回到筆電。「我的意思是，那像是老夫老妻做的事，不過無妨，」她說，掩蓋不了這個念頭帶給她的歡欣。「那我們明天去。今天我有一堆工作要做。至於今晚——我們出去走走。」

那個第一晚：蘭姆酒、蘋果酒、蘋果酒——期間被三個拿鼠尾草淨化你們的毒蟲打斷——和美妙的即興音樂集錦。她要你形容她的香味，你不好意思，因為你之前已經想過這個問題，所以答案脫口而出：芬芳，如剛盛開的花朵。不膩，但甜到讓你不由得微笑。那天晚上你們都醉了，還偷了酒吧的玻璃杯。你告訴她，她值得以你愛她的方式被愛，她哭了起來，寧靜如雨。

隔天早上，你用布滿血絲的眼睛凝望鏡子，問她有沒有撲熱息痛。

「我還以為你不會宿醉哩，」她說。

「噢，走開啦。」

你們改去鳳凰公園散步。當她敘述認識你之前在都柏林工作的那年夏天，夏日點滴籠罩著你。她說，夏天會為都柏林注入不同的感覺，允許她在這裡呼吸。你覺得這說法很怪：允許呼吸，那麼自然的事情，生命的基礎，竟然必須徵求同意。也就是說，必須徵求同意才能活下去。你試著回想你沒辦法呼吸、每一次吸氣都要費盡力氣的時候，試著繞過嵌在你左胸的重量，試著繞過必須知道該怎麼做才能在這裡呼吸的重量——

「你在想什麼？」當你們視線交會，她的雙眼閃閃發亮。你搖搖頭，萬千心緒頓時鬆開、消散。

走到電影院途中，你們經過一輛警車。他們沒有訊問你，沒有訊問她，但朝你們的方向走去。此舉證實了你們早已知道的事：你們的身體不是你們自己的。你們害怕身體會被要回去，所以壓低禦寒的風帽。她一直沒提——不言而喻的交流，自我保護的作為——直到你們坐在她公寓大樓外，看著一隻狗以月亮為聚光燈在草坪四處跳舞，才開口問。

「你沒事吧？」她頓了一下，點了香菸，吸了長長的一口。「路上那些警察……你還好嗎？」

「噢，噢，我很好。在想電影的事。」

．．．

你們那天晚上一起看的電影：貝瑞．傑金斯的《藍色比爾街的沉默》[68]令你心煩意亂。你沒有哭，只有在某些情節赫然出現，從他人的行為中認出自己時，心如刀割。當福尼[69]的顴骨獲得他並不想要的樣子和用途，你沒有哭；當這個疲憊的男人在玻璃這一側，同樣憔悴的蒂許在玻璃另一側捧著尚未出世的孩子，前臂護著她膨脹的肚子，你沒有哭；當繃得太緊的福尼理智斷線，想解釋他當前錯綜複雜的情況卻找不到話講，你沒有哭；蒂許，附帶損害，這種故事你太熟悉了。當她泰然自若，向他伸出手說，我了解你經歷的，寶貝，我與你同在時，你沒有哭。沒有，你沒有哭，只有在某些情節赫然出現，從他人的行為中認出自己時，才心如刀割。每一個人物的動機都是為了表現愛——這是她告訴你的——只是做法不同。所有做法都是祈禱，而這些人都充滿信心。有時，這就是你唯一能做的。有時，有信心就夠了。

那一晚，你夢到警察寫下你的死亡故事，而你的名字只列在腳註。你猛然驚醒，同時緊抱她的腿；你們的手腳本就交纏，而當你緊抓不放，她發出微弱的呻吟。這不是那些焦慮第一次在夜裡拜訪你，而一如以往，那些影像在你清醒的時刻徘徊不去。你常擔心這將成為你的命運，而她雖然一直在你身邊，那時她卻不會在——你也不知道遇到那種緊急情況可以打給誰。你懷疑緊急情況已經開始。證據：你龐大的身軀每天都要走入驚詫；在店裡被保全盯梢，包括長得跟你很像和不像的保全；用從來不是你的名字的音節擦洗身分。還有：拿你的支出尋開心，暗示你犯了罪或智能不足；想講那些不敢在你面前說的話，好像從你身上拔的毛還不夠；那種令人厭煩的、被注視卻不被看見的慣例。

・　・　・

---

68 *If Beale Street Could Talk*，二〇一八年上映。

69 福尼（Fonnie）與下文的蒂許是《藍色比爾街的沉默》的男女主角，文中的玻璃指監獄會客室的隔板。

你下床離開她，先去廚房倒杯水，再去客廳。每當焦慮在夜晚來襲，你喜歡看饒舌歌手玩即興，因為看著一個黑人男子被要求當場自我表達是件美妙的事，且多彩多姿。你上傳一段之前在手機看過的影片，在幽暗中連連點頭。從你第一次聽到肯卓克說，哈哈，鬧你的，擊個掌，我刀槍不入，你的子彈永遠射不穿，那些歌詞就縈繞在你腦海，只是被樂曲和你最喜歡的饒舌歌手的俏皮話遮掩。現在，你想重新賦予其用途——開創一個你可以在現在度過的未來。你想要刀槍不入，你想要相信，那些子彈永遠射不穿。你想要安全感。

接下來幾天，你一直想起約翰・辛格頓《街區男孩》[70]裡的一個場景：泰瑞在到女友布蘭蒂家之前，開車經過警察旁邊被攔下。這種攔檢是例行公事。兩名警察，一黑一白，叫泰瑞和他的朋友下車。警察把他們壓在引擎蓋上，這時兩人中比較敢講話的泰瑞堅稱他們沒有做錯什麼，同時還問正搜他身的黑人員警，你為什麼要這麼做？這個問題引燃了悶燒已久的燈芯。員警扳起扳機，把槍抵在泰瑞的後頸。淚水沿著泰瑞的臉頰滑下，在下巴匯流。員警沒有直接回答，但他透過這個舉動表明：我這麼做是因為我可以。

當泰瑞走進布蘭蒂的客廳，她問他怎麼了。他回答：沒什麼。他這麼說是因為他這個人就是一直道歉，而他的道歉常化為壓抑表現，而那樣的壓抑不分青紅皂白。他解釋說他累了，他受夠了。他想要——他找不到話語描述他想要做什麼。他開始對著空氣搖擺，因為他必須表達出來。他必須解釋，他必須被聽見。他對著空氣搖擺，大力晃動，希望抓住明明就在四周卻常被吞沒的一切。他開始呻吟，低沉而克制。他想要相信布蘭蒂的安慰能緩和情緒，就算只有一點點，淚仍落了下來，悲傷依然持續。

但我們沒事，我們真的很好，沉著冷靜。繼續沉著冷靜，直到——

---

70 《街區男孩》（*Boyz n the Hood*）是一九九一年由約翰．辛格頓（John Singleton）執導的美國成人電影。後文特瑞（Tre）和布蘭蒂（Brandi）皆為劇中人物。

「你還好嗎？」她問。「在想什麼？」

「我很好，」你說，而確實如此。儘管幾天前都柏林的插曲仍在腦中迴旋，儘管你的思緒仍不時漂向這段記憶，以及那原本可能發展的途徑，儘管如此，但只要她在，你就很好。或者起碼，你相信自己很好。

「你不必這樣，」她說。她牽起你的手，用拇指摩擦你的手背。「可是請讓我分擔，我只是希望你沒事。」

「我也是。」這個房間和你們熟悉的那間不一樣，但慣例雷同。從側面透進來的昏暗光線僅短暫充塞房間。你倆微笑的身影投射在她的黃牆壁上。

你們在一起的短短幾天其實什麼也沒做，而這也有意義，這本身就是一種親暱。此刻在外面，地是溼的，但已經沒下雨了。你倆都偏愛溫暖，但你們也喜歡雨和它安靜的喧鬧。你們的最後一天在努力感受當下度過，就像把薛西弗斯的巨石推上城市最高的山丘，每一次都以滾落收場。

「你離我好遠，」她說，讓你回到當下。「別對我隱瞞好嗎？」

22

每當她問你沒事嗎，你都點點頭，一聲不吭，要她相信，也試著讓自己相信。然後她問你，你確定？你這個人就是一直在道歉，你的道歉常化為壓抑表現，而那樣的壓抑不分青紅皂白。但在這裡你必須打開雙臂，從胸口說，你累了，你受夠了，你想要——你找不到話語描述你想要做什麼。你開始喘不過氣，淚潸然而下。你呻吟，低沉而克制。你必須解釋，你必須被聽見。你以為你孤單一人，直到你明白，她與你同在。你想要相信她的安慰可以緩和情緒，但你必須先允許自己讓她支撐。在這裡你不必道歉。當她問「你沒事吧」，別害怕吐露真相。何況，你還沒開口她就知道了。暗處是找不到安慰的。讓你自己被聽見，也聽聽她說什麼。要有信心。吸吮蛇咬的傷口，把毒液吐在腳邊。凝視褪色的傷疤，但不要留戀。不要隱瞞，也不要留戀。暗處是找不到安慰的。讓你自己被聽見，也聽聽她說什麼。要有信心。

有信心就是把燈關掉，信任對方不會趁你入睡時殺掉你。這很基本，也很大膽。說你愛誰，說說你們在黑暗中的甜蜜呢喃，想像你的伴侶若在醒時做夢，眼皮會怎麼眨，說說那有多美。多美才算美？你閉著眼也找得到她的唇。沒什麼能比感覺更持久。告訴她你怕自己被帶走，離開她身邊。告訴她你在某些日子奮力告訴自己的事。告訴她你愛她，也知道什麼會隨這句話而至。在黑暗中描述神的形象：她修長的手腳在哪裡彎起，幽暗中仍捕捉光芒；臉孔鬆弛，兩眼輕閉，唇角上揚似在微笑，連帶使臉頰鼓起，愉悅的輕嘆不時溜出嘴角；還有她的身體是怎麼隨著每一次觸摸，隨著脊椎優美曲線上的每一次輕掠繃緊、放鬆、繃緊、放鬆。讓她親吻那一滴淚。你不知道自己為什麼會哭。有時，愛也會痛。你不是悲傷，而是驚詫。像車禍一般倒坍。說件往事給她聽。讓她記起那個時候：

一天晚上狂熱的夢，你們的心熱得發脹。你和她這樣那樣擺臀，任蘭姆酒溢出杯緣，滴落地下室的地板。一個朋友在舞臺上憂鬱地哼唱，但不失愉悅。吉他彈奏悅耳，可比你手中雞尾酒的香甜。你決定了，你不只是你創傷的總和，所以你介紹她給你的朋友認識，你們的節奏如此流暢，不容忽視的雙人演出。你說，這是我的朋友——這話你們兩個都不相信。（但多重事實不能並存嗎？有什麼是絕對的嗎？你相信永恆嗎？）反正，這一夜是一場狂熱的夢，而你們允許自己跟著大家走上一條長路，答應去路的盡頭是另一個地下室。有什麼是絕對的嗎？沒有，因為你們一到俱樂部就改變了主意。熱已開始折磨你們的身體，而你們餓得發抖。你們跟那群人分手，因為熱在抗議，瘋狂在抗議。炸雞店、燈光了無生氣、她拿給你一張塑膠鈔，你道謝，你讓手繞過裸露的臀部曲線，她偎著你，又退後，親吻臉頰，烙下她稍早仔細塗上的紫。手裡拿著午夜的餐點，走下多年前你遇見另一位詩人的街。另一間地下室。詩人靠過來，跟你說熱身階段要放鬆，所以你很快跟上節奏，流暢了，不容忽視的演出。此刻，你們坐在他人的門前臺階，而你決定要相信永恆。這樣的決絕是在你最好的朋友打破炙熱的沉默、冷靜而慎重的時刻到來。她告訴你她愛你，於是你知道，你不必是你創傷的總和，知道多重事實可以並存，知道你也愛她。

沃爾特・狄克森為妻子寫了一首〈給我的王后〉[71]。那曲子慢慢悠悠、宛如沉思，直抵內心最深處，優美地呈現他們多采多姿的婚姻。

你沒有音樂，但你確實能用自己的方式看見她，用你自己的方式捕捉她平靜又精力充沛的節奏，能用你自己的方式描繪她的喜悅。

你有你自己的語言。

23

有家鄉是件奢侈的事。在認識某些人之前，就知道世上有他們存在，會引出一種前所未知的自由。或許這就是家鄉的意義：自由。在難以生存的地方，你很容易把自己捲起來，就像凹折一本書以便插入口袋。

有時你不知道為什麼會有這種感覺。沉重、緊繃、疲倦。就像你自己不完整的版本在和比較完整的部分對話。外婆過世很久後，你又和她聊了一次。她踏著夜色而來，告訴你身體是有記憶的。叫你讓新的皮膚帶著傷疤，讓你愛的女子吻

71 狄克森（Walt Dickerson, 1928-2008）是美國爵士音樂家，〈給我的王后〉（To My Queen）是他一九六二年的作品。

你，允許自己被說好美。展開來，伸直因保持渺小而彎曲的脊椎。這裡只有自由。你來到這個世界時沒有家鄉，但你的世界和你的家鄉已互為同義詞，而它們看起來就像這樣：

你趕上火車。有人把雨傘遺留在頭等車廂的座位底下。外面在下雨。你渴望藍天和陽光。她告訴你，你眼中有渴望，這你沒有異議。你們來自同樣的地方。穿同樣的布料。金色織入肯特布[72]。你外婆在家幫你做的襯衫是淡藍色的，就像你渴望的平靜。你想把這送給她。言語無法表達的事物，你該如何訴說？你想得到她也覺得渴望的時候嗎？

從都柏林回來，在回家的火車上，你不知道自己在哭，直到書頁出現醜陋的汙點。那些原本緊緊卡在喉嚨的音節圓滑了、柔和了，語言降為聲音。你就是這樣訴說言語無法表達的事物。你想大叫。二已合為一，但熱刃已劃過你的皮膚，而你必須戴著這些故事，像戴著傷疤。你想把它們洗乾淨，看著她在池裡游泳，纖細的四肢在水中放鬆。愛猶如一種默想，猶如伸向更誠實的自我表達。請記得，你的身體是有記憶的。傷疤不見得是汙點。你吻了傷疤，說她好美。你手指接觸的真實的她，總令你驚訝。你想在黑暗中躺到她身邊，對她傾訴真心話：給我的王后，永遠是如此漫長，但我在遇見妳之前，就知道世上有妳了，所以現在我們自由了。你來到這個世界時沒有家鄉，但現在你回鄉了，回到家鄉了。

72 肯特布（Kente）是迦納的一種手工編織的布料，由絲綢和棉條製成。

24

「你會在我回家前修一下頭髮嗎？」

「我頭髮怎麼了嗎？」你問，一手摸過頭皮，覺得微小的捲曲開始糾結。

「本身沒什麼問題啦，」她說。「不修也行，只是你剛修好時看起來很帥。」

「妳是在挖洞給自己跳。」

你一邊走，一邊留意迎面而來的行人，一邊把手機稍微拿到面前，試著讓你的臉留在視訊電話的框框裡。四百哩外，她撲通一聲倒在床上，手指伸向相機，試著縮短距離。

「聽著，我不覺得我想要我的男人看起來帥、感覺不錯是一種犯罪。」

「說得沒錯。」

「所以你是要修不修？」

「也許。」

「也許？」

就在這時，你停下腳步，把手機鏡頭對準前方那家理髮店。

「啊，」她說。「真有默契。」你掛斷，走了進去。

理髮是件大事。你想到等待，等待髮線突破幾週前你的理髮師在你額頭畫下的界線。你想到理髮的決定本身就是打賭；你的理髮師，一如多數理髮師，沒有班表。今天你進門時——你來得早，早起鳥兒有蟲吃——座位上有個小孩放聲大叫，因為理髮師正拿著金屬梳子梳他捲曲糾結的頭髮，他的髮根和雜毛纏在一起，猶如濃密、扭結、蓬亂的灌木叢。他的母親在一旁看著，而理髮師梳理頭髮的努力沒有得到回報。里歐，你的理髮師，他沒有放棄。他用雙手幫頭髮上油，所以梳子的旅程平順多了，不再像刮過樹枝那樣喀嚓作響。他很小心，孩子平靜下來，舒舒服服地讓理髮師修剪，以及教他怎麼避免糾結。

不久，理髮師朝你的方向點點頭，表示換你了。你坐在椅子上，讓他把圍布披在你身上，在脖子繫緊。他手上拿了一組推子，機器震動的唧唧聲對你說話，鼓勵你說話。

「想怎麼剪？」他問。

「打層次，」你說：「上面不要剪短，謝謝。」

「鬍子呢？」

「可以刮掉。」

理髮師安靜地工作，不時喃喃自語。你閉上眼睛，任憑自己漂走。你在這裡很安全。你可以說你想要什麼，知道那是可以的；你知道這裡有一種你時常欠缺的控制的表象；你知道你在這裡可以自由。還有哪些地方保證只有黑人聚集？這是儀式、是聖殿、是令人心醉神迷的獨唱會。每一次過來，你都是在宣示你愛自己。你愛自己、照顧自己。在這裡，在理髮店裡，你可以大聲、可以犯錯；可以正確、可以安靜。在這裡你可以把身體倒向另一個男人，說明你的情況、要求釐清、詢問你不知道的事。在這裡你可以大笑，可以正經。在這裡你可以盡情呼吸，無拘無束。特別是跟你的理髮師。你對他講過的一切，都會留下來。

「最近好嗎？」他問。

「還不賴、還不賴，你呢？」

「剛度假回來，我去了迦納。」

「好玩嗎？」

「我的身體回來了，但心還在那邊。」

「很特別的地方。」

「你去過？」

「前陣子。我家人來自那裡。」

「我想也是。你有那種活力，那種節奏。那裡每個人都很平靜，不慌不忙的。想吃就吃、想喝就喝、想笑就笑，把日子過得很好。然後我還要告訴你一件事。」他輕拍你的肩膀。「在那裡，你不必擔心長得像我們這樣。」

「有聽說。」你說。

「算某種自由？」他搖搖頭，繼續拿推子擼你的頭皮。

「那裡就是不一樣，」他一會兒繼續說：「陽光，氣候，會讓我想找事情做。去外面的世界活動。在這裡，一到冬天我就冬眠了。」你們兩人都笑了。

「我原本不必來這裡的。我來這個國家很多年，在你出生之前。我來這裡，有了孩子，我的孩子也要生小孩了。但這裡沒有家的感覺，這裡感覺不需要我。嗯，你是做什麼的？我是說工作？」

「我是攝影師。」

「看吧，你也不是非在這裡不可。你有另一半了嗎？」

你從口袋裡拿出手機，讓首頁亮出她的照片。

「她很漂亮。要我給你一點建議嗎？找個你可以稱為家鄉的地方。這裡不是。待在這裡不容易。有好多事情，你要親自體會才明白，懂我的意思吧？去你可以無拘無束的地方，一個不管你要做什麼，事前都不必太精細思考的地方。去找個你可以稱為家鄉的地方。」說著，他又拍了你的肩膀。「你完蛋了啦，年輕人。」

你站在店外，撣去脖子後面的碎髮屑。一陣微風輕拂你剛理好的頭。你開始解開耳機的線準備走路回家，這時你的理髮師也來到店前階梯。他哼著歌，看著通過這條主要道路的車流。他從口袋拿出一袋菸草，一些捲菸紙。他把那個小袋子打開，散發出比菸草更芬芳、更濃郁的味道，重如麝香，又輕如雲。你看著他捏住一張紙的尖端，把袋子夾在腹部，為菸卷塞入健康的分量。他來回捲啊捲，用嘴巴密封，一邊哼著歌。那首歌旋律一直重複，音階高高低低，不難唱。是種儀式吧，你想。這時他搓好尾端，拿出打火機，一次就順利點燃菸卷，你的理髮師開始把煙吸進肺裡。

他出肘輕推你一下，伸出手臂，給你菸卷做為聖殿的贈禮。你接過來，盡可能深吸一口，覺得大腦立刻變得朦朧陰暗。

「小心點，」他說。「別太快，這很猛，能幫助你遺忘。」

他張開嘴，看著你再吸一口，然後開始唱歌。旋律如此悅耳，好像一隻鳥在他鍍金的籠子裡學會飛翔。火在你手中悶燃，他把打火機遞給你。再吸一口，更深更陰暗。他仍一直唱著歌，面孔放鬆，歌聲從容。他以緩慢的節奏晃動肩膀，你也開始跟著左右搖擺，任他的歌聲越來越大，任火繼續在你手中悶燃。你就站在聖殿外，以他令人心醉神迷的獨唱為背景音樂，完成了儀式。

下一口卻把你從愉悅帶入黑暗。你開始恐慌，所以聆聽理髮師的歌，但那只讓你往更深、更暗而去。這是條簡單的路線。你突然陷入痛苦。你以為今天已經封鎖這條途徑，卻還是面對了痛苦。你摸了每一隻狗的頭，看著牠們畏縮不前。你以地獄般的速度往下走，但這裡沒有火，沒有將你帶來這裡的火。在這場噩夢中，只有水拍打你的腳，咬著你的腳後跟。給我看你的傷疤，怪物這麼要求。給我看蛇纏在你臂膀哪裡，尖牙在哪裡沒入柔軟的肉。你捲起袖子，給他看雙臂滿滿的洞。走出陰影吧，他說。暗處是找不到安慰的。給我看看你哪裡痛，他說。別等水漲起來。水救不了你。你低頭，看到黑色深淵的漣漪裡有顫動的倒影。神有很多種面貌，很多種聲音。黑暗裡的一首歌。要有信心。吸吮蛇咬的傷口，把毒液吐在腳邊。吞下去就是壓抑。你這個人就是一直道歉，而你的道歉常化為壓抑，而那樣的壓抑不分青紅皂白。吐出來，別等水漲起來，別道歉，原諒自己吧。

「小心點，」你又聽到了，而這句話把你拉出白日夢。火在你手中悶燃著。

你的理髮師還在唱歌，悅耳如鳴禽。

「你想遺忘什麼呢？」你問他。

他把菸卷拿回去，把煙吸進他自己的肺。他踏出建物的陰影，進入一道陽光中。

「我不知道。這是一種感覺。是很深的東西，在我心底的東西。」他對自己笑了笑。「那沒有名字，但我知道那種感覺。那會痛。有時候，做我這樣的人很痛苦；有時候，做我們這樣的人很痛苦。你懂。你懂？」

你懂。常常你也找不到名字。你想自作主張。但就算你沒有給自己或你的經驗取名字，那還是在。浮上表面，油卻在水裡漂游。你想要主張你的人生歸你所有。在這裡，站在這個男人旁邊，看太陽溜進他的眼鏡，在他清澈的褐色眼眸分解成黃、紅、棕、綠，你不再怕說你害怕，說你沉重。你希望鼓勵他也這麼做。你感覺得出，他的感覺有時和你一樣：就像你在海裡擺動迂迴，而你並未報名參加這場戰鬥。你不想沉沒。你可以在水裡游泳，但油會要你的命。你不想死。這很基本，也很大膽，但你想趁你還可以的時候主張所有權。

‧
‧
‧

你戳了戳左側的痛處，盼能淡然處之。你盡你所能祈禱今天別是那天。每天都是那天，但你祈禱今天別是。你的母親天天祈禱今天別是那天。你在臥室門外聽到她為她的兒子祈禱，就算你是在淺水游泳時唱饒舌。沒有人的措辭比你母親天天為你們祈禱今天別是那天時更強硬。你知道今天有可能是那天，但當你的伴侶說她擔心你夜半在外遊蕩，你仍一笑置之。你綻出王者的微笑，但你們都知道弒君比比皆是。你沖澡，洗去黑色的肥皂泡，祈禱今天別是那天。如果你給今天取了名字，這一生就會是你的嗎？例如：基本的，大膽的。主張所有權，取得力量、瞄準目標，這就是你的。這種舉動就像帶奶油抹刀去打槍戰。你想唱饒舌，以便可以說，我知道那句話穿過你的腦袋了。黑暗中你想躺在你的伴侶身邊聊聊死亡，彷彿無所畏懼似的。你不想在你可以活著之前死去。這很基本，也很大膽，但你想趁你還可以的時候主張所有權。

里歐，理髮師，睿智如橡樹、髮辮會興奮拍動的漂亮男人，他掐熄菸卷，宣布有禮物要送你。你跟著他回到店裡，他走去角落的書架。書架中間凹陷，顯然是堆得太重了。你不記得有看到其他人進店裡，但此刻有四個男人坐在靠牆的長沙發耐心等候。里歐迅速瀏覽，知道每一本書擺在哪裡，抽出一本便拿來給你。你讀了封面：強斯勒．威廉斯[73]的《黑人文明的破壞》。

「謝謝，」你說：「下次來理髮的時候帶來還你。」

「不用啦，送給你。那本書，我一年要重溫好幾次，是我最喜歡送的禮物。我有好多本。留著吧。有什麼感想再告訴我。」

你笑了笑，而正當你伸手要跟他擊掌碰拳，店前的大面窗突然粉碎，玻璃如雨灑落。店裡立刻陷入混亂，大家都跳起來。你評估情勢：一個穿黑T恤的人影

73　強斯勒．威廉斯（Chancellor Williams, 1893-1992）是非裔美國社會學家，歷史學家和作家，以研究非洲文明著稱，最重要的著作就是《黑人文明的破壞》（*The Destruction of Black Civilization*）。

在地上爬。你認得這個人，你見過他搖頭擺尾；不對，你認識這個人，你曾與他共享同一時空。但沒時間說故事了。現在，你在意的是店面另一邊的情況：五個男人要找破窗跌入的年輕人。他們叫著，指著，發自一隻手裡的閃光掐緊你的身體，扭絞你的靈魂。你聽得到里歐叫大家冷靜。聽得到那個年輕人喘氣，聽得到店裡的男人也在大叫，像在保護什麼。你聽得到恐懼。聽得到遠方傳來警笛。聽得到恐慌。店外那些人堅定不移，但不肯越過聖殿的門檻，進理髮店。我不認識你們，你們認錯人了，你聽到那個年輕人這麼說。丹尼爾——他的名字浮現腦海。你聽得到丹尼爾的恐懼。警笛更近了。在警笛之前，所有當下都變得更可怕，因為當他們，當警察靠近，你們便失去名字，你們都為非作惡。店外那些人堅定不移，他們想要丹尼爾，他們叫他出來，再不出來他們就要進去。但警笛越來越近，而他們想要自由勝過想要丹尼爾。其中三個人開始移動。一人手裡還在閃閃發光。其他人堅信這樣不值得，把他拖走，走啦，走啦，他們說。他放棄了，面容扭曲，堅定不移。他的表情在說，改天他會再試。他們連滾帶爬地溜走了。屋裡集體吸一口氣，等著警察到來。

當警察到來，店裡立刻陷入混亂。他們叫著，指著，發自他們手裡每一把槍的黑暗閃光掐緊你的身體，扭絞你的靈魂。你聽得到里歐叫大家冷靜。聽得到那個年輕人喘氣，聽得到店裡的男人也在大叫，像在保護。你聽得到恐懼。你聽得到身體被壓倒的聲音。一隻膝蓋壓著彎下的背，像一本書凹折。我們什麼也沒做，我們什麼也沒做，你聽到丹尼爾說。他們沒在聽。你沉重，你害怕。他們搜你的身，隨意翻你的口袋，問你藏了什麼。你想說你藏了痛，但覺得他們聽不懂。他們串通一氣的時候不會懂。一切就這樣繼續，直到他們累了，他們厭了，分心了，別的地方有人報案了。只是在執行勤務，他們說。你們自由了，可以走了，他們說。

「我們自由了？」里歐問。

你胸中有怒。它是冷靜的、藍色的、文風不動。你希望它是紅色的，這樣就可以從你身體裡爆炸了。爆炸，就與你無關了，但你太習慣於冷卻這股怒氣，所以它還在。你該拿這股怒氣怎麼辦呢？該拿這種感覺怎麼辦呢？一部分的你想要遺忘。大部分的你每天活在虛幻狀態，不然還能怎麼活？活在恐懼中嗎？有些日子，怒會形成你無法搖撼的痛；有些日子，怒會讓你覺得醜陋，覺得自己不配擁有愛，覺得現在的一切遭遇都是你罪有應得。你知道那樣的形象是謬誤的，但你只能這樣看自己，把自己看成這麼醜惡，所以你隱藏完整的自我，因為你還沒想出，該怎麼脫出自己的怒，該怎麼浸入自己的平靜。你隱藏完整的自我，因為有時你忘了自己根本沒做錯什麼。有時你忘了你口袋裡根本沒什麼；有時你忘了你這個人就是不被看見、不被聽見，不然就是以你並未要求的方式被看見、被聽見。有時你忘了你這個人就是一個黑色的身體，除此之外，就沒什麼別的了。

幾個鐘頭後，你走上往加勒比外賣餐館的那條路，想去買個餡餅。你好想吃那香噴噴、黃澄澄、滿滿香料肉餡的酥皮點心。你渴望它的慰藉。所以你走上這條你天天都會走的路線，沿著貝靈漢的主街前進，就在這時，你看到丹尼爾騎自行車迎面而來。他在魔力速食下車，燦笑著跟你擊掌碰拳，臀部跟著耳機裡的音樂擺動，好像一切都已遺忘似的，好像你可以暫時放開那股怒氣似的。他愉悅的節奏有感染力，所以你倆面對面跳了一圈，大笑幾聲後分開，他進炸雞店，你再往前幾家。在加勒比外賣店裡，一聲重低音震撼了窗子。你偷看廚師在廚房裡綁好辮子才出來，低吟著：「我依然愛著你[74]，」竄改經典。這讓你想起她，想起播放這首歌時，你抱著她勻稱的腰，把她拉近、拉得更近，感覺她微笑著，讓後頸在你胸前安歇。

「你要點什麼呢，兄弟？」他問。你一時衝動，決定招待自己一份麥香堡加起司。你看到他另外包了幾隻雞翅進盒子給你，你要付他錢，他搖搖頭。

「我看得出來你需要一點好東西吃，」他說。你們碰了拳便分開。

出店時，一陣帶有詹姆士·布朗[75]尖叫的神髓，黯淡嘶啞的聲音迎接你。那

---

74 *I'm Still in Love with You*，艾爾·格林（Al Green）一九七二年發行的歌曲。

75 詹姆士·布朗（James Brown, 1933-2006）非洲裔美國歌手、作曲家及音樂製作人，有「靈魂樂教父」之稱。

聲音持續了幾秒，且越來越強。發出尖叫的那個人身體被什麼抓住了。然後，好一會兒，一片死寂。有個騷亂、恐慌的動靜，一輛汽車加速離開，一輛腳踏車倒在它旁邊，騎士倒在地上。你跑過去。他一臉驚詫，因為他已經容許自己忘記今天的事了。豈能怪他？你握著他的手，問他有沒有需要什麼。這次他沒有和你擊掌碰拳，因為他的力氣都在那聲尖叫用完了。他沒有笑，沒有哭。得叫救護車，有人說。流很多血，你得趕快。地上的年輕人搖搖頭。你不知道你還牽著他的手，但你現在放開了。他的節奏具感染力，所以你站著一動不動。你知道他很多名字，但今天他是丹尼爾。

25

「你頭髮理得怎麼樣啊？」

你坐在自己的凌亂之中，手機拿到耳邊。你到家的時候像龍捲風暴烈、輕易地橫掃房間。很像青少年，而能掌控什麼的感覺真好，但現在她打來，而一切已塵埃落定，你無話可說了。

「喂——你在嗎？」她問。

「在啊。」

「都沒你的消息。我有點擔心，但我想你可能是忙著工作或什麼的。」

「類似那樣。抱歉。」

「別鬧了。今天過得怎麼樣？」

「還可以。」你說。

停頓了一下。「你還好嗎？」

你開始啜泣，喘不過氣。你要在自己的房間窒息了。你掛斷電話。你隱藏完整的自我是因為你還沒想出該怎麼脫出自己的怒，怎麼浸入自己的平靜。

她馬上又打來。

「到底怎麼了？」

「沒事。」

「沒事？你聽起來不像沒事。你剛剛的聲音……跟我說說話，拜託你。」

「沒什麼。」

「你這樣不公平。我打來是真的要知道你好不好，因為我在乎，而我聽到的只有沒事、沒事、沒什麼。」

「我不知道要跟妳說什麼。」

「你好像在把我推開。感覺有哪裡不對勁，你就是不肯告訴我。這種感覺有好一陣子了。」

「沒什麼。」

「你對我不老實。如果你對我不老實，我沒辦法繼續這樣下去。」

「真的沒什麼。別說了，好嗎？」

「好。隨便。」

電話，凝滯，水壩爆裂，其他說出的話都被湍流聲淹沒。於是，一個連結斷了，崩裂了。

電話悄然無聲，海洋，靜止不動。

你不打給她了，你不回她電話了。幾天後，你乾脆把手機關了。自她搬回都柏林，你一直和她保持距離，而現在你推開了，知道她就是沒辦法完成跨越倫敦東南區的短短旅程。你推開了，知道撤退比給她看那些皮開肉綻、脆弱不堪的東西來得容易，比向她顯露自己來得容易。你在冷靜、藍色的薄霧中活著，因憤怒而輕，因憂鬱而重。你以你自己一動不動的速度活著。你活的不是完整的自己。

你常啜泣，走到哪裡都會窒息。你隱藏自我。你在奔跑，又到處卡住。你害怕，你沉重。

你很痛，渾身都痛，做你這個人很痛，但你更害怕這其中的意義。

你坐在你的書桌前，任時間流逝，直到你能睡著、暫緩服刑。你已經清理完自己造成的狼藉，但心依舊紛亂。

你在讀書，但讀不進去；你在看照片，但看不進去；你在聽音樂，但旋律單調、鼓點無力，歌詞傳進耳裡，加入你思緒的奔流，就像潮水來來去去、來來去去，拖繩拉著你往這裡、往那裡，而你能做的只有保持靜止。你想動但沒辦法動。想游泳但沒辦法游泳。

你走的這條路有害。你明白，但你還是走了，還是隱瞞了。這樣比較容易。你不想問，為什麼聽到有人幫他叫救護車丹尼爾要搖頭。你不想承認他也知道他已注定毀滅，承認他過著如此接近死亡的人生，無法過得充實，只能苟延殘喘。

當那一刻來臨，他已準備安歇。你還沒準備好面對這些事實，面對這些事實對你的意義。你害怕，你沉重，你還沒準備好。

有人敲門，你弟沒等你回應就進來。自你失去你的朋友，他每天都進來查看一次。你的窗簾拉上了，所以你無從分辨現在是什麼時間，但在他進來時，陽光閃耀著。他讓門開著，光不斷湧入。你認得你牆上的影子：樹葉在金色時刻迎風搖曳，輪廓柔和、姿態從容、令人著迷。

「唷，」他說。

「唷。」

「你跟她講話了？」

「沒。」

你弟在你床緣坐下。

「你要跟她講話嗎？」

這會兒你轉頭看他。

「我要講什麼？」

他聳聳肩。「看你要講什麼，什麼都可以啊。告訴他你好不好，她會想聽到你的消息的。」

「我知道。」你知道，但你還是隱瞞。

「老哥，」他說。「你好嗎？」

你開口說話，你的身體開始顫抖、搖晃。你開口說話，但找不到話講。你弟明白找不到話講是什麼情況，也看得出恐慌在你體內升起，看得出你開始喘不過氣，看到了淚，所以他抱住你，緊緊抱住你，小心翼翼地抱住你。你讓自己被抱著，就像你從前抱他那樣。你允許自己在他懷裡柔弱，像個孩子。允許自己崩裂。

在你關掉手機一星期後，你走出家門，有什麼又小又硬又充滿決心的東西推了你的背，連結著骨頭、組織與肌肉，害你往路上踉蹌了幾步。

「什麼鬼？」

長手長腳迎面而來，你一一推走，拉開與手腳主人的距離，定睛一看。

她站在你面前，大聲喘氣。

「妳在這裡幹什麼？」你問。

「你有什麼毛病？」

「啥？」

「為什麼我想跟我男朋友講話，卻得從都柏林長途跋涉來這裡見你？」

你找不到話講。

「我一直傳簡訊，一直打電話。我跟你的朋友打聽，能問的都問了！你知道我有多擔心嗎？你好自私、好自私、好自私。你這樣做完全沒想到我們，你只想到你自己。這不是第一次了。從我回大學開始，你高興走掉就走掉——」她做出被推開的動作。

「我對你沒太多要求，只希望你坦誠。我希望你跟我交流。只要打開你的嘴巴跟我說話就好，你卻把我關在外面，而且是真的把自己反鎖起來，不讓我進去。你可以想像那種感覺嗎？可以嗎？設身處地替我想一下，替我想一下。」她退後一步，要你看她原本站的地方，於是你面對著一塊空白。「感覺怎麼樣啊？」

「不好。」

「當然不好啊！幹！」

「喂——」

「喂什麼喂。你給我聽好，你真的太讓人生氣了，你知道我們交往冒了多大的風險嗎？你知道我長久以來有多內疚嗎？遇到你的時候，我還跟山繆爾在一起，幾個月後，我們成了最好的朋友，再幾個月後，我們成了伴侶。你知道那段日子對我有多漫長嗎？你知道在我的圈子，有多少人只憑著他們自己的想像就排擠我嗎？但我在乎嗎？我不在乎。因為當我遇見你，我就想，我愛這個男人。我們能一直說話，無話不談。在你身邊我只需要做自己就好，我以為我們有話都能老實講，我以為我們可以坦誠相待。」

躲在自己的黑暗裡，比赤裸裸、毫無防備地露臉，在自己的光芒中閃爍來得容易。即便在這裡，在她的視線裡，你還在隱藏。她說得都對。和她在一起，你可以誠實；和她在一起，你可以做自己；和她在一起，你不必費心解釋。但現在她卻站在你面前，要你解釋。你恨不得能找得到話講，恨不得有勇氣爬出你掉進去的坑，但此時此刻，你沒有。你看著她看著你內心的掙扎。她的臉軟化了。她把手伸給你，而你後退了。你覺得自己那麼沉重、那麼害怕，甚是汙穢，而你不想玷汙她。她也後退了，你退縮的舉動像有人推了她的胸口。被注視和被看見是兩碼子事。現在她看見你了，看見你對她表露的一切。她搖搖頭，開始脫掉身上的帽T。那是你的，至少曾經是。你送給她了。但現在那東西朝你的方向砸過來。她走掉了，你沒有追上。你站在原地，愣住了，隱藏在視線裡。

26

有人預約請你拍人像，於是你在前往攝影棚的路上，因為你必須繼續向前走。現在這是你的人生了，這是你自己選擇的。所以你在前往攝影棚的路上，而這一天，天空什麼都沒洩露，卡在朦朧的秋與空洞的冬之間。你在聽運動衫小霸王的〈悲傷〉[76]，因為那首歌很痛，但以歡樂的副歌收場。你試著感受什麼，什麼都好，但你麻木了。你和她共譜的音樂已戛然而止。你試著演出你倆合奏的那首歌，但二已合為一。你和她永遠都在即興，但二已合為一，沒有她，你便無處迂迴曲折。音樂已戛然而止。

如果心總是在上一次與下一次之間發痛，那心痛就是來自未知，來自靈薄[77]，來自無垠。

有人預約請你拍人像，你人已經在攝影棚。你請你要拍的那個人放輕鬆點。他的肩膀隆起，下巴緊繃，使眼睛跟著瞇起。他不知道兩隻手該怎麼擺，於是舉起來抱住自己、往內交叉。放輕鬆，你說。他試著擠出微笑，但辦不到。他試著自在一點，但辦不到。你明白你是在凝視鏡子。藝術家總會賦予人像某個主題，而在這裡你要看看在你說不出內心感覺時，外表會是什麼樣子：那稍縱即逝。你告退，上洗手間。你獨自佇立。你凝視著鏡子，看出你不是懦夫，只是做了怯懦

---

76 運動衫小霸王（Earl Sweatshirt, 1994-）是美國饒舌歌手，歌曲創作者和唱片製作人。〈悲傷〉原名〈Grief〉。

77 Limbo，指地獄的邊緣，但丁《神曲》定為地獄的第一圈，是未受洗者徘徊之處。

的事，你沒有惡意，但你傷了她的心，你沒有要為難誰，但感到羞愧。音樂停了。剩下的都是噪音。你哭了。羞愧又痛苦地哭了。你抱住自己，你讓你修長的雙臂環繞你的身體，允許你在自己的懷裡柔弱，像個孩子。

允許自己崩裂。

27

牠在這裡，自由的另一邊，比較安靜了。你可以去別的地方的。你走在那隻狗旁邊，走進一個有大門的社區，門在你身後晃回去，關上。溫暖的夜晚，柔和的昏暗滑落你肩膀。稍早，當你蜷曲在沙發的角落，那隻狗就曾推著你的肚子，爬到你身邊。你把牠抱緊，思緒在牠吵鬧的界限裡盤旋。但牠在這裡比較安靜了。這裡沒有別人，只有你和那隻狗。你看著牠在行人專用的街道上跳來跳去，寫牠自己的故事。你認為自由可能是一段敘事，自由可能在籬笆外。自由可能是邀請別人越過界線。你拍了狗蹦蹦跳跳的照片，想到把照片寄給她，但太遲了。你想到這分自由也許是暫時的，但你就在這裡，在這個世界。

你穿你的帽T出門，已經很長一段時間。冬天過去了，但這個星期大雪紛飛。每一天，你都會觸摸你黑色帽T的針織棉，摸到她的氣味開始消散。你和她共度的人生，也以一樣的方式脫線了，隨著日子一天天過去，變得越來越鬆、越來越鬆。你站在一旁，看著你們的關係分崩離析。這樣比較容易，比較簡單，不需勇氣。像那樣愛一個人，明白這樣的愛有多美、多健康、多療癒，卻轉過身去，完全不必花力氣。你一直想知道，無條件的愛在什麼條件下會崩裂，而你相信，背叛或許是其中一種。

從她質問你的那一天起，六個月過去了。從她說她看得見你，也要你看看她的那一天起，六個月過去了。從你無法赤裸裸地表現脆弱，她決定走開而你並未追上，六個月過去了。今天，舒適起見，你決定穿上你的帽T，說真話，你不想再隱瞞，就算那樣會痛。

今天早上是長久以來你第一次踩著放克的腳步醒來。詹姆士．布朗會很驕傲。你確定你們的胸膛裡都有那種尖叫等著鑽出來。你確定這些尖叫不必黯淡不必血淋淋，而是圓潤的，生氣勃勃的。

說到詹姆士．布朗的尖叫，你想要來個即興短句，聊聊很久以前，斷裂、崩裂之前的一個星期五晚上。「雷和姪子」[78]亮了相。要時髦的喇叭播放花花公子卡地[79]的饒舌歌。據說他唱歌含混不清，但你聽到的不大一樣。他也滿足需求，在808[80]和華麗旋律中狂奔，以簡短的歌詞和即興縮短距離。就像那第一天晚

78 指 Wray & Nephew，牙買加的蘭姆酒品牌。
79 Playboi Carti（1996-），美國饒舌歌手。
80 指製造商 Roland在一九八〇年推出的 Transistor Rhythm-808 模擬鼓機，深刻影響往後嘻哈、浩室、電音及 Trance（可翻作出神、傳思或勸世）的發展。

上，兩個陌生人靠旋律縮短距離，緊緊相擁。反正，卡地就是這樣——比較少出自腦袋，比較多來自胸膛；比較少思想，比較多誠實，比較多意圖。他們說他含混不清，但你聽到的不大一樣。那讓你動了起來。

其實，你來這裡是為了在黑暗中呢喃，就像之前你把燈關掉、在她的被子裡扭曲，除了她熟悉的輪廓什麼也看不見的時候。

你想跟她說說你的爸媽。你爸某個星期六下午伏在音響系統上，按來按去，直到收回留存在歌曲中的記憶。悅耳的輕吟，白晝的催眠曲。我們沒有足夠的詞語來形容這種感覺，或許旋律可以？或許貝斯聲、拍打聲、重擊聲可以。心跳聲可以。或許你爸媽正在他們自己的客廳律動，緩慢地輕吟。你媽問城裡有沒有地方可以玩慢即興。看他們和諧地跳著兩步舞，你答應幫他們找個地方。

你想問她記不記得，在你倆搭火車回家途中，播的是哪首歌。那天，你們已經在爵士樂手齊聚的地下室裡跳了一晚的舞，舞者和表演者都在即興，各有千秋。你們上火車後，一票樂手坐在鄰座。你們開始滔滔不絕。有人說那晚堪稱靈性體驗。頻率很對，能量在那裡聚集，而後溢出。其中一人唱起歌來。打擊樂手搖了沙鈴，馬上讓你們在這節車廂動起來，單獨動、一起動，即興演出，抗議般跳舞，愉快地擺動。

你想問她，她記不記得這樣的自由。

你想告訴她你看到的年輕人，搭地上鐵時坐你對面的那位。鞋子是晴天的藍，刺青纏繞二頭肌。他喝著黑色罐子裡的東西，你的則是玻璃瓶。你們頭頂都掛著頭戴式耳機。他吸引你注意，你們向對方點點頭，舉起飲料，高興地打招呼。那種眼神無需言語，完全不需要，那是誠實的交流。你想告訴她，那個剎那充滿時間的完整，而在那個剎那，你好愛這個男人。像愛家人一樣愛他。你無意在彼此心裡留下烙印，只想再待一刻，只想要這一刻覺得安全。

你想告訴她，有些傷口永遠不會癒合，你的傷痛並不可恥。你想告訴她，為了試著在這裡開誠布公，你挖啊挖，挖到鏟子碰到骨頭還繼續挖。你想告訴她這樣很痛。你想告訴她你已不再試著遺忘那種感覺——那種怒、那種醜惡——已經接受那是你的一部分，和你的喜悅、你的美、你的光一樣，都是你的一部分。多重事實確實存在，你不必是你創傷的總和。

你是來這裡，來這本書裡，請求原諒。你是來這裡告訴她，你很抱歉沒有讓她在開放水域托住你。你是來這裡告訴她，你放任自己沉溺，是多麼自私啊。

你是來這裡說實話的。說你害怕，沉重。有時候太重了。你胸口的痛滿滿的、鼓鼓的、越脹越大，而雖然你恨不得它爆炸，但它沒有。

賽蒂亞・哈特曼[81]描述了黑人從奴隸成為男人及女人的旅程，以及這個新身分如何成為一種自由的類型，就算只有自由之名；考慮到自由從過去運作至今的權力結構，被解放者再次成為附屬是自然不過的事。把黑人的身體視為一種物種的身體，促使黑人特性被定義為可鄙、脅迫、卑賤、危險、依賴、不理性、會傳染，發現自己受到你未要求的限制，偏偏那又抑制不了你的一切，你可能成為的一切，你可能想成為的一切。你就是那樣被塑造成一個容器、一個器皿、一個身體，很久以前，早在你這一生之前，早在你這一生遇到的任何人出生前，你已經被看成一個身體，於是，此時此地，你就是一個身體，你已經被看成一個身體，

81 Saidiya Hartman（1960-），美國作家及非裔美國研究學者，現於哥倫比亞大學任教。

而有時這很難熬，因為你知道你絕不只如此。有時這重量太過沉重。你胸口的痛滿滿的、鼓鼓的、越脹越大，而雖然你恨不得它爆炸，但它沒有。你考慮接受治療，解釋說你覺得自己被看成一個身體、一個器皿、一個容器，說你很擔心，因為你這麼相信的日子，越來越頻繁了。

你是來這裡訴說，你怕你早在很久以前，就已注定毀滅。

你是來這裡聊聊那隻海鷗。她記得嗎？沒有血跡。仰躺在地，攤著雙翼。頭擺成奇怪的角度，部分身體被迫處於不可能安適的位置。每一次觀察都會產生那些推測。是從天而降的，應該吧？勇敢的鳥原本棲息在陽臺上，被推倒。但牠不會飛走嗎？現場為什麼沒有更凌亂，為什麼這個生物可以如此莊嚴地安息？沒有血跡。你推論，海鷗的脖子是被人的手扭斷的，而你想知道是誰幹的，怎麼弄的，為什麼要這麼做。你反覆推敲，無法更接近完整的事實。只能猜測。那個畫面繼續占據你們的人生，占據了好一陣子。你看著車子避開屍體，想像駕駛稍微推走方向盤，再修正路線，繼續前行。

泰居・柯爾[82]描述了死亡是如何在平庸之中荒唐地降臨。在〈死於切換瀏覽器分頁〉一文，他談到華特・司各特[83]。這位華特・司各特知道在他遭遇警官質詢時心裡會極度緊張，這種緊張一旦粉碎，就會使他毀滅。柯爾談到一個知道自己將死、泰然處之的人。他泰然處之，直到逃離、重獲自由為止，因為自由其實是獵人與獵物之間的距離。柯爾談到受驚。跳入其他人的危機，其他人的恐懼。但他不知道嗎？他當然知道。但如果是你不想知道的事情，你該怎麼辦呢？

---

82 Teju Cole（1975-），奈及利亞裔美籍作家、攝影師，並專研早期尼德蘭藝術史。〈死於切換瀏覽器分頁〉一文原名 Death in the Browser Tab。

83 Water Scott（1771-1832），蘇格蘭歷史小說家及詩人。

你來這裡是要聊聊你最早的一段記憶，那時，你還沒切換過瀏覽器分頁。先是一扇窗，打開的窗。寂靜，映著春天柔和的光線。寂靜，此時此地。你父親停錯位置，停到加油機的另一側去了，但你們的燃料一滴不剩，所以你看著他拉著軟管，繞過你們淡綠色的家庭車。你把頭探出打開的窗戶，對他微笑。他沒看到。他的身體立正站著，陷入極度緊張；那種他知道一旦粉碎、就會使他毀滅的那種緊張。警官看到你父親看著一個年輕人被訊問，而你父親轉過身去，在獵人和獵物之間置入想像的距離。你父親衝向付費機，而你覺得他慌亂不安、拋棄他平常的魅力、眼裡黯淡無光，像一粒塵埃。在此同時，那個年輕人被兩名員警訊問。他很美，是個小孩，某人的小孩！別騙我，你聽到一名員警這麼對他說。當時你不知道這種事叫什麼，只看到他肩膀聳起貼向耳朵，張大雙眼，結結巴巴地表示自己無辜。你回頭看著你母親，請求解釋或澄清，因為這件事顯然沒什麼道理。你想知道是怎麼回事？那人是誰？為什麼會發生這種事？回頭看窗外，一道閃光迅如陰影。那個年輕人的髮脫離了他的髮箍。他試著飛走，飛向他知道在獵人和獵物之間唯一可能找到的自由。輕輕一推，他便四肢攤開，仰躺在地。頭歪成奇怪的角度，部分身體被迫處於不可能安適的位置。手臂也在背後扭曲，任黑色警棍如雨點連連落下，給漂亮的肌膚畫上新鮮的傷口。沒有血跡。死亡不見得是肉體的。

你是來這裡訴說，兩年前，當你的不適化成一種新的痛楚，並沒有血跡。那時你正一手扶著光滑的欄杆，走下一段大理石階梯，突然背後隱隱像被閃電擊中。等到你人在階梯底下，已經四腳朝天，像一本書凹折。他們扶你坐起來，問你哪裡痛。你一開始分辨不出來，但慢慢發現你只要吸氣、吐氣，就會發生困難。左邊。現在那成了緊急情況，沒有血跡，但你想到細胞凋亡：一種身體主動設計細胞、往最終死亡變形變異的自毀過程。身體會殺掉自己，慢慢地。沒有血跡。當時並沒有血跡。

急救護理員沒幾分鐘就到了，好像一直在等緊急情況似的。他問，你知道你發生什麼事嗎？沒有診斷出什麼症狀。沒有。他量了你的血壓，評論你慢吞吞的心跳。

運動員？

以前是，你說。以前常打籃球。

這樣啊，他說。在他說出口和沒說出口之間的缺口，你想到細胞死亡，想到身體如何由內而外殺死自己，傷害會如何以各種面貌展現。

我們做個心電圖吧，以防萬一。

你看著機器以規則的節律譜寫你的故事，鋸齒狀的迴路接連不斷。護理員指著其中一個短短的尖凸，說你心律不整。他說很難判定這是你與生俱來，或去年才罹患，或當天才出現的病。你不必擔心，別人也不需要為你擔心，何況疼痛已經和緩，所以可能不要緊。他建議服用止痛藥，好好休息，放輕鬆。

這件事拖延了、休眠了。當它再次出現，你人在大英圖書館，聽讀書團體說話。稍晚，晚餐時，你拿著一杯溫熱的飲料，顫抖著、微笑著，熬過了不適。一直要等你回到家、癱在沙發上，你才又想起細胞死亡，想起痛可能如何改變這個過程。

那一年，你一直在痛。你迷失自己。你失去外婆。他們殺了拉斯漢和艾德森，由外而內。彷彿回音似的，他們也把你按在牆上，而你的手在牆壁刮啊刮，試著找東西抓。你呼吸急促，就算他們的手指沒有纏住你的脖子。一切從根開始崩解。不規則的節律。也許沒事。還沒事。放輕鬆。

你遵照指示，把燈關掉。你打開一卷底片，開始在黑暗中哭泣。

你在黑暗中哭泣。死不見得是肉體的，哭泣也不見得是宣洩痛苦。你已經說很多了，但你要來訴說一個秋天傍晚的寂靜，樹木在薄暮的幽暗中向你伸來。你張臂摟著她，叫她不要看著你，因為當你們目光交會，你會忍不住從實招來。但記得鮑德溫說的嗎？我只想當個誠實的男人，和當個好作家。嗯。誠實的男人。此時此刻，你很誠實。

你是來這裡談談，愛你最好的朋友具有何種意義。直接的凝視。誠實的男人。你在搜尋話語，但話語派不上用場。試問：如果 flexing 能以最少的言語表達最多事情，有比愛更好的 flexing 嗎？凝視無需言語；那是誠實的交流。

你是來這裡問，在你告訴她這個故事的時候，她是否願意看著你。

28

這不是誇大其詞。你要死了，你們這些年輕男孩要死了。你們會先殺死你們的母親。這樣的哀傷令她們疲倦，這樣的成果令她們疲倦。這樣的日子危機四伏。想像你離開家，卻不知能否毫髮無傷地回來。你不需要想像。你過著朝不保夕的日子。你很冷靜，真的冷靜，故作冷靜；保持冷靜，真的冷靜，直到——向著黑暗嘆息。日常的沉重壓力讓胸口緊繃。你已經被撕破，被捲起，就像他們撕走你的書頁，當成廢紙揉得皺巴巴一樣。你就是這樣死去。年輕男孩就是這樣死去的。你的母親，你的伴侶，你的姊妹，你的女兒，也是這樣死去。這樣的哀傷令她們疲倦，這樣的成果令她們疲倦，這樣的日子朝不保夕，可能隨時輕鬆結束你的生命。你知道你的完整性可能隨時被撕裂，所以你乾脆活得支離破碎。你活得破碎、你活得渺小，免得有人讓你更渺小，免得有人把你打破。你是黑色的身體，黑色的容器，黑色的器皿，黑色的財產。你被這樣對待是因為財產容易破壞，容易掠奪。你不需要想像你已經在過的人生。向著黑暗嘆息、說你真的很冷靜，是朝不保夕的事，因為既然你馬上就要死，詩也就完結。你已經被撕破，被捲起，而你怕一陣微風就會讓你飄走，永遠不被看見。年輕男孩就是這樣死去。你的母親，你的伴侶，你的姊妹，你的女兒，也是這樣死去。這樣的哀傷令你疲倦，這樣的成果令你疲倦。

你想再見到四個黑人男孩坐在寶馬裡的那一刻。在等紅綠燈時，他們脫去風帽，Sweet Mary 的香氣撲鼻。他們有節奏地點著頭，像浮筒上下擺動。那是喜悅，在你胸膛活蹦亂跳。那是這些年輕人可以駕馭的，任街燈將黃色光束灑在他們的臉龐，眼裡的光最燦爛；無人居住的人生，就算只是暫時，也是他們的人生，就在這個空間裡，一輛行進的汽車中，８０８踢著車身，孩子般哄然大笑，開著只有他們懂的玩笑。當大笑接近尾聲，逐漸消散在夜空，當他們的輪胎發出尖叫，引擎加速旋轉，喜悅蛻變，回到平常的樣貌。喜悅未必令人愉快，所以若它能偷偷與日常的恐懼並行，像這個例子一樣以翻滾的喧鬧打動你，你就賺到了。

這種懷舊是種病態的甜美，而且會痛。你想到春天、陽光、雲澄澈透明，天空的顏色和寶寶見到母親時的歡鬧一樣可愛。你向母親道別時會緊抱著她。聽她因長年工作而緊繃的胸口哧哧喘息。在那年，一九九三年下雪後，一切都回不去了。舉步維艱地穿越白色灰燼去上架貨品。就算她最好的朋友出言抗議，也無法阻止經理惡劣地報復她拒絕他的示愛。他命令她在冷凍庫裡工作，直到牙齒格格作響，手指觸摸因孕育生命而圓滾滾、沉甸甸的肚子，卻毫無感覺。你虧欠你母親太多了，有朝一日，你會訴說那個故事。但現在，你想到春天、陽光、雲澄澈透明。你緊抱你的母親：柔和的麝香、輕輕的喘息、平靜的生命。當你穿過前門，花朵如雨點灑下，像一袋彩光爆炸開來。在頭頂。他們正在幫樹木剃光頭，讓樹木猥褻地暴露在春天、陽光的背幕之前。你向那個老婦人揮揮手，她每天早上都會坐在家裡遮蔽良好的窗子前，每天早上向你揮手回禮。她對你豎起大拇指。你懷疑她是不是在等什麼。總之，你一如往常選了杰迪拉的《甜甜圈》[84]來聽——所以讓我們打斷你步行到車站的路程吧：

一個年輕男子，生著悶氣。他站在他的車子旁——是他的車，瞧他的模樣，這是他工作的目的——思考他有哪些選項。年輕男子伸手往下抓，這時你才看到交通錐卡在車輪和底盤之間，緊緊夾住。交通錐擺在路邊，像無生命的哨兵，保護剛被剝光的樹——或者反過來才對，保護行人和車輛不會被落下來的樹枝砸到。車子不知道怎麼撞的，總之他正使勁拉出那塊塑膠。你走向他，看著他握緊拳頭搖晃橘色的錐子，但錐子絲毫不為所動。

「我不明白怎麼會這樣，」他說。你不記得他點了菸，但那正在他的指間燃燒。他吸了口氣，讓臉頰脹得鼓鼓的，把火焰滅。他往下抓。你看得出來他已經放棄，因為他其實別無選擇。交通錐不會讓步。

「你是要去上班嗎？」

「面試，」他說。

「坐火車？」

「那樣會遲到。」他看了看手錶。「已經要遲到了，媽的。」他嘆了口氣，厭倦的嘆息。這你認得出來，你太清楚了。

「我幫你叫個 Uber 吧，」你說，拿出你的手機。

「什麼？不用——」

「我罩你。」

「不能這樣，不用麻煩啦，我會想辦法的。」

「你方便的時候再還就好。」

你和他下一次見到面是在你走回家的路上，他要去別的地方。當你的視線接

84《甜甜圈》（*Donuts*）是杰迪拉去世前三天發行的專輯。

觸到他，他的臉洋溢喜悅。

「老哥，好不好啊？」

「還不賴，還不賴，你呢？」

「不錯啊。正要回家。」他吸了一口他的菸卷，手肘推了你一下，親切的提議。你從他掌心接過那微小的火，嘖啊，嘖啊，每輕吸一口，你的眼睛就泛紅一次。瞳孔張大、變黑。他臉上裂出疲倦的笑容，頭戴式耳機的聲音溢入夜空。

「你在聽什麼？」

「迪利·瑞斯可[85]。」

「經典。」

「很有開創性。沒有迪利，就沒有我。」

你對自己笑了笑，有種感覺騷擾著你，你無法置之不理。

「我可以幫你拍照嗎？」

他看起來很驚訝。被注視是一回事，被看見是另一回事。你是在請求看見他。他點點頭。你從袋裡拿出相機，把鏡頭對準他。他眼裡發著光，偷走了天空裡僅存的光。親切的臉上，淡淡的笑。你按了快門，他的臉在相機喘息的瞬間豁然開朗。兩個人的誠實交流，凝視無需言語。

繼續前行，你想起第一次聽到那張專輯的情景。是在往伯恩茅斯[86]的長途巴士上。武術是一種在追尋自由的人身上注入紀律的方式。那天你在錦標賽中落敗，但依然覺得勇敢無懼。

聽到那強烈的鼓點時，你好訝異。蹦、蹦－恰，蹦－蹦、恰。從別的地方撕下，親手縫入未完成的衣裳。把鼓點當成帽子戴，在你的頭上輕輕柔柔，讓你的脖子隨著每一個恰、蹦、蹦－恰，蹦－蹦、恰來回搖晃。是倫－敦的呼喚啊！忠於他的語法，忠於你的語法；突兀，又熟悉到不行。就像聽到朋友的哥哥訴說你

85 Dizzee Rascal（1984-），英國籍迦納及奈及利亞裔黑人饒舌歌手。

86 Bournemouth，英格蘭西南部多塞特郡的沿海市鎮。

知道真的很荒唐的事。那聲音熟悉得不得了；家人的朋友，或許是堂表兄弟——不是血親，但也不亞於血親。整頓好，手腳俐落點，那個聲音說。聽完那一軌恐怕得關掉——成年人和爸媽會抗議——但聽取禁忌事實的衝動，渴望明白本身事實的衝動，不會平息。

理查，那卷卡帶的主人，很冷靜。他從未正眼注視過你，但你知道他看得見你。他的脖子掛著一對沉甸甸的金牌。稍早，你看著他以腳掌為軸施展迴旋踢，狠狠擊中對手的胸口。對手受到驚嚇，頻頻望向教練，不知這場猛攻何時才會停止。理查把第一位競爭者掃出賽場後，便站在那兒迎向下一位，比他年長四歲的。理查舉起雙臂，一派輕鬆，發動一連串精準的攻擊，同樣輕鬆地擊潰對手。你在他附近徘徊，終於，他穿過隨行人員走向你。

「小朋友，有事嗎？」

「你可以拷一卷那個給我嗎？」你問，那個年輕人比你高出一大截。「那卷卡帶？」

「你還沒聽過？」

看到你搖頭，他很驚訝，然後把卡匣裡的卡帶給你：盒脊上印著迪利・瑞斯可的《角落的男孩》[87]。

87 *Boy in Da Corner*，迪利・瑞斯可二〇〇三年發行的專輯。

29

讓我們回到一段更早的記憶，二〇〇一年。在不是你家的客廳，在一張被腳步和膝蓋磨損的地毯上。你已經和朋友跑來跑去一整天，可是仍在延長這些無憂無慮的時刻，彷彿那是你們最後一次無憂無慮。

有人在轉電視頻道，最後停在 MTV Base 臺。大夥兒咯咯大笑，問題來了：「你們在笑什麼？」兩個孩子在荒原玩耍。突然一道閃光，其中一個蛻變為成人，戴了頂長禮帽和圓框的深色眼鏡。都是黑人。他們都是黑人。

第二個饒舌歌手頭上綁了杜拉格頭巾[88]，嘴角掛著柔和的笑，唱饒舌唱了好一會兒。幾年後，你會在一家超市停車場見到他，雖然孩子趴在肩上，仍努力擠出那抹孩子氣的笑。

現在快轉，二〇一六年夏天。你在搖滾區迷失。五雙手——你能感覺每一根手指緊抓你肌膚的觸感——把你拉起來。史凱普達[89]穿著短褲跑出來，濃黑的陰影和存在感瞬間籠罩舞臺。那年夏天你一直在思考活力與頻率，以及怎樣叫感覺對了。當DJ第三次號召群眾上臺，而那五個黑人身體無拘無束地在舞臺蹦蹦跳跳，你想，這感覺對了，感覺對了。

同一個夏天，你人在西班牙，在晴天可以遠眺摩洛哥海岸的海灘，法蘭克海洋的專輯《金髮女郎》[90]從天而降。這不是演習。你一直在等某個你不知道自己

---

88 指durag，是從前黑人奴隸為固定髮型而使用的布，已演變成黑人文化的一部分。
89 Skepta，本名Joseph Junior Adenuga（1982-），英國饒舌歌手，作曲家和唱片製作人。
90 Frank Ocean，本名Christopher Breaux（1987-），美國創作歌手，《金髮女郎》（*Blonde*）是他二〇一六年發行的專輯。

需要的東西。當它降臨，你拿著一對耳機、一把折疊海灘椅，踉踉蹌蹌走下沙灘，看潮起潮落。你不記得曾感受過這樣的寧靜，或許，此時此刻，卡在前瞻與回顧之間，你明白自己正再次尋覓這樣的寧靜。

太陽在世界這個部分升起得晚，而你看著星星被一片淡藍取代，一個火熱的白色小圓點慢慢爬上天空。你沒有帶泳衣來，所以當你聽完那張專輯，便脫掉衣服、衝進海水。沒入水中，你能聽到的只有急促，只有呼嘯。海水的鹽和你的淚混在一起。

再次快轉。六個月前，削瘦的人影，因穿了多件衣服而膨脹。頭低著。蠟燭都熄滅了，但黑暗照亮他的身影。那時是凌晨，他一動不動，隨著靜默的聲音跳舞。追悼式剛過，你不知道那個削瘦的人影是否也在哭泣，就像你把鑰匙滑進門裡、崩潰、腦海揮不去那個畫面的那一刻——一輛腳踏車側躺著，輪子還在來回轉，等騎士回來。你不知道他是否也在哀悼丹尼爾，哀悼那個永遠不會回來的好人。那個與你在路上分享一卷菸，聊迪利．瑞斯可和塵垢[91]和節奏聊到深夜的男人。有那麼一刻，你愛他宛如至親的男人。

那天下午：穿著黑白制服的人決定露臉。警察局就在這條路上，但你絕對不會在那裡看到他們。除非發生什麼事。他們從這間店到那間店，賣酒的、乾洗的、賣炸魚薯條的、外賣食物的。他們在街上攔人問話。當他們走近你，他們盯著你，但不發一語。

加勒比海外賣店沒有餡餅了，所以你繼續走，走到下一家。

「親愛的，最近好嗎？」一櫃臺後面的女人問。你笑了笑，欣慰此時此刻，這句簡單如熟悉詞形變化的問話，像把你抱在懷裡搖啊搖。

離開時，你聽到蹦–蹦、恰，蹦–蹦、恰，迴盪耳際。你不知道杰迪拉是給小鼓加了殘響，或是乾乾淨淨、完完全全照樣本來。

---

91 指「grime」，二十一世紀初在東倫敦出現的音樂類型，是從早期的英國電子音樂風格發展起來，也受到牙買加雷鬼和嘻哈的影響。

你對活力與頻率的興致不減，而你一直想創作音樂，一直想知道你是否也有可能感覺對了。你的朋友，一名鼓手，邀請你去海岸，而你在海邊的一間錄音室錄了音樂試聽帶。第一錄出了錯，但第二次你翩然起舞，肩膀放鬆，將詞語打入六十四小節。節奏是你自己創作的，所以你知道哪裡有停頓，哪裡要拖拍，那裡要連踏，你也不意外自己如此重視無聲的留白。

你凝望著自己映在電話亭玻璃上的倒影，一派輕鬆，從容不迫，玩饒舌玩了好一會兒。你懷疑這是否就是自由的模樣。

你一直在思忖自己和開放水域的關係。你對創傷感到疑惑，想知道它是如何設法浮出水面、在海洋裡漂流。你一直在思忖該如何保護創傷不被耗損。你一直在想著離開，想去別的地方。

你一直在想，如果在開放水域張開嘴，你會溺死，但如果不張開嘴，就會窒息。所以此時此刻，你在沉溺。

你是來這裡請求原諒。你是來這裡告訴她，你很抱歉沒有讓她在開放水域托住你。你是來這裡對她說實話。

30

她說：

她聽了一夜的雨。她常在這種時候祈禱，試著表明她在她現實裡的欲望。在床邊跪著，不仰望天，而是凝視地板，凝視深處，想知道在她的表面底下有什麼。她的聲音在思緒靜默的噪音中越來越大。她一直在想你，在想你們給彼此的一切。你們的心曾連在一起，整齊劃一地跳動，但後來斷裂了，血在黑暗中積聚、溢出，然後崩裂，真的崩裂。她仍時常想到你。你們的人生和彼此脫了線，但鬆脫的線仍留在衣服被扯破的地方。

無條件的愛在什麼條件下會崩裂？昨天她為你哭泣。她決定屈服於眼淚，不要了解眼淚。你們分開到今天剛好一年，但她知道她會一輩子為你哭泣。

令她心神不寧的是那段被看見的記憶。你還記得嗎？在理髮店裡。她掌控全局。她記得她的存在改變了房裡的動能；一位女性出現在這個陽剛的空間，意味每一個人不是要拿出最好的舉止，就是得演出來。不過，當她提到這一刻，靜謐降臨。你凝視鏡子裡的她，她隨之望著鏡子裡的你。理髮師關掉推子的電源，跟你和她說話，試著形容他看到在你們之間傳遞的東西，試著讓你們知道，他看見你們了。他興奮地喋喋不休，引眾人發笑，頻頻點頭。還需要多說什麼呢？

語言有負於我們，向來如此。你跟她說過，言語是靠不住的，所以你選擇把這些寫出來，是很好笑的事。但她很感謝你能對她這麼坦誠。最近，她一直在想有沒有其他方式能訴說無法用言語表達的事，她買了一臺相機，和你的很像，老三十五毫米。她一直很想拍照；她在展覽看到的一張照片促使她做出決定：羅伊·德卡拉瓦的《跳舞的伴侶１９５６》[92]。女人穿白洋裝，男人穿黑西裝。兩人的

92　德卡拉瓦（Roy Rudolph DeCarava, 1919-2009）是美國藝術家。早期攝影作品呈現了社區非裔美國人和爵士音樂家的生活。《跳舞的伴侶１９５６》原名*Couple Dancing, 1956*。

身影自黑暗中顯現，光打在手腳上。他們身體貼得很緊，韻律在靜止中被捕捉。她在那張照片裡，在女人臉頰閃耀的光澤中，在男人勾住女人後背的臂彎裡，看到你和她；在光與影共存之處呈現的愛與信任中，看到你和她。現在她終於了解，你說相機在你手上感覺比實際來得沉重是什麼意思。看見人不是簡單的工作。

她想回到一段當下的記憶：你們兩個都坐在公園的小丘上。事隔一年，你的臉沒什麼變。金色時刻來了又去，現在是藍色時刻了，用代表無限可能的柔和色澤把你們包圍起來。她開始發抖，你脫下夾克，披在她的肩膀。你倆都沉浸在彼此沉默的安適中。還需要多說什麼呢？她看了你一眼，從袋裡拿出她的相機。你以攝影師的身分開玩笑說，你一直把時間花在追逐光上面，但你也該說，你也在努力使黑暗屈服。她把鏡頭對準你，憋氣，按下快門。沖洗這張照片時，她敢說，如果你仔細看，你會看出投映在你肌膚上的陰影，看到你的眼睛既看見她，也看見這個世界，看到誠實平靜地在你的臉上歇息。如果你仔細看，你可能會看見一滴淚正從眼角滑落，因為你為她哭了。如果你仔細看，你會看見她過去看見、現在看見，未來也會看見的：你。

謝詞

給 Seren Adams：我會永遠記得我們第一次碰面，那也是《開放水域》的開始。謝謝你從頭到尾，在編務及其他各方面的支持。你是作者夢寐以求的經紀人，也是最好的朋友。

給我的編輯：Isabel Wall 和 Katie Raissian，謝謝你們花了那麼多時間和心力，賦予這本小說這麼深的感性。不勝感激。

給 Viking Books 團隊，謝謝你們如此努力讓一切成真。

給我的智囊團：Belinda Zhawi、Candice Carty-Williams、Raymond Antrobus、Yomi ode、Sumia Jaama、Victoria Adukwei Bulley、Kareem Parkins-Brown、Amina Jama、Joanna Glen——你們的建議和鼓勵真的助我突破極限。謝謝你們。

感謝親友團：Krys Osei、Deborah Bankole、Rob Eddon、Stuart Ruel、Niamh Fitzmaurice、Justin Marosa、Courage Khumalo、Sam Akinwumi、Thomas McGregor、Charlotte Scholten、Nick Ajagbe、Alex Lane、Ife Morgan、Archie Forster、Louise Jesi、Chase Edwards、MK Alexis、Dave Alexis、Nicos Spencer、Law Olaniyi、Natasha Rachael Sidhu、Steffan Davies、Lex Guelas、Chrisia Borda、Mariam Moalin、Monica Arevalo、Luani Vaz、Charlie Glen、Diderik Ypma、Krystine Atti、Zoe Heimannc、Cara Baker。

給 Sue，謝謝妳永遠讓我覺得被接納、覺得被愛。

給 Jashel 和 Jumal，謝謝你們永遠相信我，並在我的信念動搖時拉我一把。

給媽和爸：我知道為了讓我成為現在的我，你們犧牲了多少。我愛你們，好愛，好愛。

給奶奶：我知道妳還在對我笑，為我歌唱。

Es，我找不到話講，但我不會放棄嘗試。

國家圖書館出版品預行編目 (CIP) 資料

開放水域／迦勒・阿祖馬・尼爾森（Caleb Azumah Nelson）著；洪世民譯 . -- 初版 . -- 臺北市：大塊文化出版股份有限公司 , 2022.06

面；　公分 . --（to；129）

譯自：Open water

ISBN 978-626-7118-31-3（平裝）

873.57　　　　111004969

LOCUS

LOCUS

LOCUS

LOCUS